ENQUÊTES & SUSPENSE ®

Aux Éditi

Dans la co
ENQUÊT

CW01665939

Séverine Le Corre-Mongin
- Drame en Morbihan

Michèle Corfdir
- Le Crabe
- Mortel Hiver sur le Trieux
- Chasse à corps à Bréhat
- Larmes de fond *(épuisé)*
- Vent contraire à Loguivy-de-la-Mer
- Herbes amères à Belle-Isle-en-Terre *(épuisé)*
- Il court, il court, le furet des Abers *(épuisé)*
- Fest-Noz sur le Nil
- Eau dormante en Trégor *(épuisé)*
- Nuits assassines à Paimpol
- Crime à l'Armoricaine
- Vendredi noir sur l'Arcouest
- Sueurs froides sur le Goëlo
- Baignade clandestine à Bonaparte

Martine Le Pensec
- Onde de choc sur Fermanville
- Angoisse sur Penmarc'h *(épuisé)*
- Lumière noire sur la Penfeld
- Printemps funeste à Brest
- Treizième lune à Concarneau
- 32 octobre à Roscoff *(épuisé)*
- Terminus à Lannilis *(épuisé)*
- L'Enfer de Plogoff
- Alerte rouge à Brest
- Bad Trip à Lorient
- Le Cobra de Brest
- Le Mouton noir de Roscoff
- Sang pour sang à Recouvrance
- Amnésie sur Quimper

Michel Courat
- Ça meurt sec à Locquirec
- Marée rouge à Plestin-Les-Grèves
- Coup de grisou à Pleumeur-Bodou *(épuisé)*
- Mort en vrac à Morlaix
- Sauvage farandole à Paimpol *(épuisé)*
- Mise à mort en Bretagne nord
- Masques de Terreur à Lanmeur
- Été meurtrier à Tréguier
- Le raisin coule à Lesneven
- Le Diable s'invite à Locquirec
- Morts à gogo à Plouguerneau
- Morlaix, TERminus !

- Les bas-fonds de Quimper
- Pas de pardon à Locronan
- Un pavé dans La Loire
- Psychose sur Bénodet
- Sang d'encre au Mans
- La Torche entre deux eaux
- Du Pastis dans l'Odet
- Les Ombres du Rennes-Quimper
- La Madone du Faouët
- Effet domino à Concarneau
- Le Môme de Fouesnant
- Hors la loi à Groix
- Omerta Bigoudène
- Alliance explosive à Audierne

Serge Le Gall
- La secte de l'Aven *(épuisé)*
- Sables mouvants à Bénodet *(épuisé)*
- La Douarneniste et le Commissaire *(épuisé)*
- Corps-mort à l'Île-de-Batz *(épuisé)*
- Traque noire à Audierne *(épuisé)*
- Fugue mortelle en RÉ *(épuisé)*
- Le moine rouge de Carantec *(épuisé)*
- La Sirène de Port Haliguen *(épuisé)*
- Coup fourré dans les Mts d'Arrée *(épuisé)*
- Vagues à lames à Noirmoutier *(épuisé)*
- Dépression sur les Glénan
- Belle-Île “Amère” *(épuisé)*
- Calvaire à Plougastel-Daoulas *(épuisé)*
- Course-poursuite sur l'Aven
- Cible ultime dans les Montagnes Noires
- Rouge baiser de Crozon *(épuisé)*
- Sac de nœuds à Trévignon
- Retour coupable à Pont-l'Abbé *(épuisé)*
- Quiberon Enrage
- Secrets salés à Fouesnant
- Fausses notes à Larmor-Plage
- Jeux de drames à Douarnenez
- Nature morte à Pont-Aven
- Châtiment à Port-Launay

Aux Éditions Alain Bargain

Dans la collection
ENQUÊTES ET SUSPENSE :

Gisèle Guillo
- Dernier rendez-vous à Vannes
- Du Léman au Morbihan *(épuisé)*
- Tempête à Quiberon
- La Belle de Carnac *(épuisé)*
- Le Saigneur de Quimper
- Vol de pigeons à Arradon *(épuisé)*
- Cash-cash au Crouesty *(épuisé)*
- Le Diable noir de Saint-Cado
- Clair-obscur à l'Île-aux-Moines *(épuisé)*
- Port-Louis, les ombres de la citadelle
- La Maison au bord du Golfe
- Les Amants Terribles de La Trinité
- Étel coupable ?

Simone Ansquer
- Téviec, le Secret *(épuisé)*
- Aux tours de La Rochelle
- Grain de sable à Saint-Pierre-Quiberon
- Le mystère de la Cathédrale de Vannes
- Carnac, les menhirs disparus
- Bons baisers de l'île de Houat
- Nuit d'Enfer à Quiberon

Élisabeth Mignon
- Fontaines mortelles à Quimper
- Jardins funèbres en Cornouaille

Marie Vaillant
- Chantage Bigouden
- Les corps mourants de Plozévet
- Vague blanche au Pouldu
- Malaise sur la côte lorientaise
- Vie de château à Pont-L'Abbé

Jacques Minier
- Traque mafieuse à Saint-Malo

Rémi Devallière
- L'esprit d'Hoëdic
- Calculs sévères à Saint-Nazaire
- Sacré bidule à Pornichet
- "Pari" au mois d'août

Jean-Louis Kerguillec
- Carantec à corps perdu
- Enlèvement en Baie de Morlaix
- Mauvaise passe sur l'île Callot
- Les Amours Noires du Léon
- Le disparu du Taureau

Stéphane Jaffrézic
- Chili-Concarneau
- Ville bleue et beaux dégâts *(épuisé)*
- Disparitions en Pays Fouesnantais
- Tri Yann Tro Breizh *(épuisé)*
- Vengeances croisées à Nantes
- Escale forcée à Brest
- Dolmens sanglants en Bigoudénie
- Escapade à Landerneau *(épuisé)*
- Le mauvais fils de Guidel
- Murder party à Quimper
- Rendez-vous raté à Quimperlé
- La Korrigane de Concarneau

Bernard Enjolras
- Îlot mortel à Trégastel
- 3 petits singes en Côtes-d'Armor *(épuisé)*
- Mauvais sorts dans Le Trégor
- Micmac à Ploumanac'h *(épuisé)*
- Sale temps sur Penvénan
- Jeu d'échecs à Perros-Guirec
- Guêpier à Tréguier
- Jackpot dans le Léon
- Requiem à Paimpol
- Escale à Cancale

Jean-Michel Arnaud
- Cavale à Brest
- Blues en Rafale à Landivisiau
- Le bagad bombarde à Quimper
- Loto létal dans le Léon
- Fresque de sang sur le Ponant
- Lettres mortes à Lannilis

Jean-Jacques Égron
- Marais mouvant dans le Golfe
- Tracto Breizh
- Embruns toxiques sur Lorient
- Les Privés du Croisic

Gérard Croguennec
- Voile épais au Conquet
- Brest, Abri 668
- Morlaix en eaux profondes

Alain Couprie
- Ça chauffe à Roscoff *(épuisé)*
- Pas d'oignons pour le Léon
- La Mutilée de Saint-Renan
- Drague folle à Lannion

Aux Éditions Alain Bargain

Dans la collection
ENQUÊTES ET SUSPENSE :

Philippe-Michel Dillies
- Meurtres à Monnaie *(épuisé)*
- Chasse à Tours *(épuisé)*
- Train d'enfer pour Saint-Pierre-des-Corps
- Les roses noires de Chartres
- Du raisiné à Vouvray
- Partie truquée à Descartes
- Embrouille à Amboise *(épuisé)*
- L'écheveau de Blois
- Anicroches à Loches
- Murmures en Saumur
- Les plumes noires de St-Cyr-sur-Loire
- Clash à Tours

Patrick Bent
- Erquy profite le crime *(épuisé)*
- Le macchabée du Val-André *(épuisé)*
- Saint-Cast priez pour eux ! *(épuisé)*
- Hécatombe à Saint-Malo
- Nuit noire à Dinard *(épuisé)*
- Algues fatales à Erquy
- Rock'n'Roll à Lamballe
- Pluie de fiel sur Fréhel
- Arnaque à Erquy

Vincent Cabioch
- 5 Diables Verts à Huelgoat

Christophe Chaplais
- Pâté de Corbeau aux amandes amères *(épuisé)*
- Le calisson jusqu'à la lie
- Farz aux herbes de Portsall
- Addition salée au Croisic
- Salade russe aux noix de Grenoble *(épuisé)*
- Fourchette mortelle à Chinon
- Soupe de Crabes à Brest *(épuisé)*
- La face cachée des Étoiles
- Mélodie gourmande à Guérande

Jean-Pierre Farines
- Brume sur la Presqu'île *(épuisé)*
- La route de Rocamadour
- Le Phénix est mort à Camaret
- Cercueil vide en Mer d'Iroise

Aux Éditions Alain Bargain

Dans la collection ***POL'ART :***

Serge Le Gall
- Sombre dessein à Pont-Aven *(épuisé)*
- Meurtres du côté de chez Proust *(épuisé)*
- Eaux-fortes à Ste-Marine *(épuisé)*
- Ciel rouge au Pouldu *(épuisé)*

Loïc Gourvennec
- Le râle du basson *(épuisé)*

Yves Horeau
- Monsieur Butterfly *(épuisé)*

Renée Bonneau
- Nature morte à Giverny *(épuisé)*
- Séquence fatale à Dinard *(épuisé)*
- Sanguine sur la Butte *(épuisé)*

Stéphane Jaffrézic
- Toiles de fond à Concarneau
- Le Rubis de Châteauneuf-du-Faou *(épuisé)*

DRAME en Morbihan

Séverine LE CORRE-MONGIN

DRAME en Morbihan

Collection

ENQUÊTES & SUSPENSE

Quadri Signe - Editions Alain Bargain
125, Vieille Route de Rosporden - 29000 Quimper
E-mail : contact@editionsalainbargain.fr
Site Internet : www.editionsalainbargain.fr
Facebook : https://www.facebook.com/editionsalainbargain

À Julienne, mon ancêtre.

« Se glorifier de ses ancêtres, c'est chercher, dans les racines, des fruits que l'on devrait trouver dans les branches. »
Manon Rolland

REMERCIEMENTS

- À Bernard sans qui je n'aurais jamais osé écrire,
- À Tristan et sa harpe,
- À Tof, mon cousin gendarme, trop tôt disparu,
- À Lionel, pour sa patience et son dévouement,
- À mes parents, pour leur soutien,
- À mes collègues du forum de généalogie, Dom, Cath, Lydia et les autres,
- À Florian mon mari pour sa persévérance
- À Zélen témoin privilégié de cette aventure.

I

« C'est un trou de verdure
où chante une rivière… »
Arthur RIMBAUD (1854-1891)

Dimanche 9 juillet, 5 heures 45 - Melrand.

Le jour se levait doucement sur la campagne. Au village de Talroc'h, une brume montait des hautes herbes et bientôt, la rosée habillerait de ses perles la végétation que le soleil viendrait faire scintiller.

Alignées sous les pins, trois longues tables de jardin et leurs chaises sagement empilées attendaient les convives.

La nuit avait été douce et avait difficilement fait baisser la température de ce second week-end de juillet. La journée s'annonçait chaude et ensoleillée, ce qui était parfait pour le pardon du Guelhouit, la petite chapelle située à cinq cents mètres de la propriété. Tout à l'heure, une messe y serait célébrée, suivie d'une procession, puis d'un feu de joie, et surtout il y aurait le banquet avec cornemuseux et des jeux pour passer le reste de la journée. Une occasion de retrouver, dans la bonne humeur, ses voisins, ses amis. C'était une longue journée qui attendait Yves et ses amis bénévoles, une journée à régler les petits riens qui font la réussite d'une telle fête.

Dans la maison, un joli désordre régnait. Meublée de bric et de broc, elle avait ce charme des maisons de famille où l'on vient pour les vacances et que l'on restaure au fur et à mesure. Depuis plusieurs années, un certain confort s'installait. Entre les ouvertures remplacées, le sol carrelé et l'installation des sanitaires, des éléments modernes tels qu'un réfrigérateur et une cuisinière électrique, avaient trouvé leur place, de chaque côté de la cuisine. Seuls une cafetière et un antique poste de radio étaient venus les rejoindre. Ici, la vie prenait un autre rythme, loin de la frénésie de la ville et de ses bruits. Talroc'h était un havre de paix où l'on pouvait aisément communier avec les éléments. Se ressourcer.

La table de la cuisine avait retrouvé un semblant d'ordre. La vingtaine de généalogistes qui s'étaient retrouvés la veille dans le jardin et qui avaient fini la journée par une soirée grillades, avaient donné un petit coup de propre avant de partir. Envahissants mais bien élevés, ces joyeux drilles formaient une belle équipe. Ils s'étaient quittés à la nuit noire, avec la promesse de se revoir le lendemain, au pardon, et de continuer, pour les plus accros, leurs échanges généalogiques dans ce même lieu bucolique.

La tête un peu lourde, Yves qui était l'heureux propriétaire de la maison et qui l'occupait occasionnellement à la belle saison, vint ouvrir à son chien Végas. Celui-ci ne tenait plus et grattait à la porte, il était grand temps qu'il aille faire son petit tour, pas de réverbère à arroser ici, mais un grand choix d'arbres et d'arbustes. Pour Yves, la nuit avait été courte et il devait penser à tant de choses pour cette grosse journée à venir… Hier, il avait pu passer un peu de temps avec ses amis généalogistes, mais aujourd'hui ils devraient l'excuser. Il endosserait une autre casquette, celle d'organisateur du pardon et de la fête situés à quelques centaines de mètres de là. Il n'était même pas sûr de déjeuner du tout, alors avec eux, c'était encore plus improbable. Pour commencer cette longue journée, un bon café bien serré et quelques tartines en prévision d'une diète forcée étaient fortement recommandés.

Sous le jet de la douche, avec la radio en sourdine, Yves ressassait toutes les tâches qui l'attendaient quand les aboiements du chien le sortirent de sa réflexion. Il ferma l'arrivée d'eau et tendit l'oreille. Le chien insistait. D'ordinaire très calme et n'aboyant que rarement, quelque chose d'important devait le contrarier. N'écoutant que son instinct, Yves s'essuya prestement et enfila les premiers vêtements qu'il trouva. Un bon vieux survêtement élimé ferait l'affaire. À cette heure matinale, il ne risquait pas le ridicule d'un face-à-face avec sa voisine et puis, même si elle était déjà levée, il n'était pas en tenue d'Adam. Donc pour le moment, ce serait jogging, il s'habillerait mieux tout à l'heure, avant de partir à la chapelle. En attendant, il fallait aller voir ce qui perturbait le chien.

Sortant de la maison, il appela Végas qui continuait à donner de la voix. Hormis les aboiements, le jardin était paisible. Le soleil caressait timidement de ses rayons les pierres, réveillant les liserons cachés dans les interstices des murs. Ne voyant rien d'anormal, il se dirigea vers les jappements de Végas. Le labrador était debout sur le côté de la maison, le museau dirigé vers le ruisseau, les quatre pattes tendues. À l'approche de son maître, il cessa d'aboyer, amorça un léger frétillement de la queue et s'assit. Son appel avait été entendu. Yves, lui donna une tape affectueuse.

— Qu'est-ce que tu as, mon beau ? lui demanda-t-il, tout en regardant vers le ruisseau qui paraissait tant intriguer le chien.

— Nom de Dieu ! Grenouille !

Un flot de bile lui emplit la bouche et vint s'échouer au pignon de la maison. Un corps, la tête ensanglantée, gisait en contrebas, sur la pierre lavoir. La main appuyée au mur, Yves reprit son souffle et ses esprits. Il descendit jusqu'au corps inerte et posa sans conviction deux doigts sur la carotide. Ce qu'il voyait lui donnait peu d'espoir sur l'état de la victime. Se saisissant de son téléphone portable qui ne le quittait pas, il composa le numéro des secours.

Rapidement, une opératrice lui répondit :

— Centre de secours, je vous écoute…

— Bonjour, Grenouille est morte.

— Attendez, Monsieur calmez-vous, je prends note. Quel est votre nom ?

— Yves Le Goff.

— D'où appelez-vous ?

— Village de Talroc'h en Melrand.

— Que se passe-t-il ?

— Sur la pierre lavoir, il y a le corps de Grenouille.

— Grenouille ? C'est quoi votre blague ?

— Euh… oui… non… c'est son surnom, Grenouille. C'est Manon Lesker, elle ne respire plus et il n'y a pas de pouls. Elle s'est fracassé la tête sur la pierre, il y a du sang partout.

— D'accord, savez-vous ce qui s'est passé ?

— Non, je viens de découvrir le corps, c'est le chien qui m'a averti.

— Ne touchez à rien, monsieur Le Goff, je vous envoie une équipe.

Pour le jeu du casse-bouteilles de la fête, les copains venaient toujours lui réclamer quelques bouteilles vides. Ils savaient qu'Yves leur dégoterait bien quelques cadavres à ajouter à leur collection, quelques vestiges d'une soirée arrosée. La veille, il avait certes éclusé quelques flacons avec ses amis, mais là, il y avait un cadavre de trop dans son jardin…

Qu'est-ce qui avait bien pu se passer dans la nuit ?

Manon était partie en même temps que les autres, sa voiture n'était plus là. Le film de la soirée lui revenait péniblement en mémoire. L'image du cadavre de la jeune femme s'interposait. Son visage souillé de sang coagulé, ses longs cheveux blonds rougis, ce regard figé. D'un geste paternel, il avait fermé les paupières de Manon. De beaux yeux verts qui brillaient encore la veille de l'éclat des émeraudes. La tête d'Yves bourdonnait. Lui et ses comparses avaient commencé la soirée par un sympathique petit apéro, suivi de salades de crudités préparées en commun, puis de grillades dont Alexis s'était occupé. Adeline avait, cette fois encore, échappée à la corvée des pommes de terre. Elle avait pourtant promis de faire les pluches cette année. Elle s'entendait bien avec Manon. Comment allait-il lui annoncer le drame ainsi qu'aux autres ?

II

Talroc'h - 6 heures 54.

Assis sur le banc, en haut de la berge, le chien à ses pieds, Yves se leva au bruit des véhicules de secours. Traversant au pas de course le terre-plein, il se dirigea vers la brèche qui ouvrait sur le jardin pour signaler l'endroit où ils devaient intervenir. Le véhicule des pompiers entra en premier, suivi d'une ambulance et du fourgon des gendarmes. Après avoir dirigé les secours vers le ruisseau et la pierre lavoir où se trouvait le corps, très vite, Yves fut pris en charge par un infirmier. La découverte d'un cadavre dans son jardin n'étant pas commune, Yves, bien que résistant et d'un caractère assez dur, se trouvait mal. L'arrivée des secours le soulageait, les dernières vingt minutes lui avaient paru une éternité. Impuissant devant ce spectacle morbide, il était resté prostré sur le banc.

De son côté, le chef de corps des pompiers, rompu aux découvertes macabres, comprit immédiatement que, cette fois, il était face à une mort suspecte. Des chutes, il en avait vu de toutes sortes, avec des résultats variables au niveau des blessures. Dans ce cas précis, il imaginait mal comment la victime aurait pu s'ouvrir le devant du crâne en tombant en arrière ; la position du corps éliminait d'office l'hypothèse d'une chute accidentelle. Sur le dos, les jambes à demi repliées sur le côté, une main fermée posée sur le ventre et l'autre dont le bras positionné en arrière trempait dans le ruisseau, les doigts emmêlés aux cheveux flottant dans le courant. Rien n'indiquait dans cette position qu'elle ait tenté de se rattraper dans sa chute, ce qu'en principe tout être ferait dans pareille situation.

L'évidence montrait également qu'elle avait été frappée à la tête. Une autopsie éclaircirait la raison du décès. Le médecin des secours, en présence des deux gendarmes et du chef de corps des pompiers, dressa le certificat de décès en indiquant ses premières constatations. La suspicion d'homicide étant clairement définie, les gendarmes prévinrent le procureur de la République.

Ce dernier, monsieur Colas, était attablé devant un délicieux plateau de croissants, brioches et confitures. Il s'apprêtait à déguster une première viennoiserie lorsque le téléphone sonna. La teneur des propos du gendarme qui était à l'autre bout du fil le fit changer de couleur. Ses projets d'un copieux petit-déjeuner le fuirent d'un seul coup. La description que faisait le gendarme du cadavre trouvé dans la rivière aurait coupé l'appétit à moins délicat que Monsieur le procureur. Habitué à lire des rapports d'autopsie et voir des scènes de crime, il s'était endurci, mais ce matin, il n'était pas enclin à entendre cela. Toutefois, professionnel, il nota les éléments que lui transmettait son interlocuteur. Le corps n'ayant pas été déplacé, il rappela au gendarme de sécuriser le périmètre. Il allait immédiatement dépêcher sur place les Techniciens de l'Identité Criminelle, autrement appelés TIC.

*

*   *

À la brigade de recherche départementale basée à Lorient, les TIC de permanence étaient déjà partis sur une affaire sordide. Un retour de noces qui commençait bien mal. La jeune mariée, à peine épousée, était déjà veuve, moins de vingt-quatre heures après la cérémonie. Son époux venait d'être découvert dans le parc du château où se déroulait la fête, un couteau à pain planté dans l'abdomen. Apparemment, descendre à la cuisine en pleine nuit pour finir les plats n'était pas une très bonne idée ; quelqu'un d'autre, ayant eu la même, n'avait pas souhaité partager les reliefs des festivités. Était-ce réellement la nourriture la source du conflit qui avait amené à poignarder le jeune marié ? C'est ce qu'allaient tâcher de découvrir les gendarmes. Les techniciens, contactés sur les lieux du drame, avaient pour instruction de se rendre, dès qu'ils auraient fini leurs relevés, sur la commune de Melrand où une autre scène de crime les attendait. Les enquêteurs, quant à eux, restaient sur place pour les premiers interrogatoires. Ils avaient un couteau comme arme du crime et du pain sur la planche. Les invités du mariage étaient nombreux et n'étaient rien d'autre que le gratin du canton. Ils allaient devoir procéder avec délicatesse. C'est donc à une équipe de repos que l'on fit appel pour se charger de l'affaire de Melrand.

III

Lorient - 7 heures 38.

L'adjudant Gabriel Caro était au lit quand son téléphone portable sonna et, pour un dimanche matin, cela n'avait rien d'anormal. La mélodie spécifiquement associée à son correspondant lui disait d'oublier les projets de sa journée de repos.

À l'autre bout du fil, c'était son binôme, l'adjudant-chef Romain Fouller, qui lui annonçait qu'ils étaient réquisitionnés avec les TIC pour se rendre dans le nord du département et qu'il passait le prendre dans quinze minutes.

Quand Romain arriva chez son collègue, ce dernier quasiment prêt, enfilait ses chaussures. Il en ferait le laçage sur le trajet. Romain se doutait que son coéquipier serait de méchante humeur, car passionné de cyclisme, Gaby avait prévu de se rendre sur le parcours du Tour de France. Pour une fois qu'il était libre, le jour où la grande boucle passait à quelques kilomètres de chez lui, il fallait qu'on les réquisitionne ! Ils n'étaient quand même pas les seuls officiers sur le département ! Gaby rageait de devoir sacrifier son escapade cycliste, mais comme son travail le passionnait tout autant, en bon petit soldat, il ferait son devoir. Peut-être pas avec un grand sourire durant cette journée, mais avec rigueur et efficacité. Depuis six ans maintenant, il était OPJ à la brigade de Lorient. Avec Romain, il s'entendait bien, tous deux la trentaine, férus d'informatique et de nouvelles technologies, ils faisaient partie de cette génération “Game Boy”, pour laquelle, durant l'enfance, Mario Bross et Pac Man avaient été les héros virtuels. Ils avaient grandi et mûri mais, pour décompresser du travail et des horreurs qu'ils pouvaient rencontrer, ils s'accordaient des soirées jeux vidéo. Des soirées mémorables où le temps ne comptait plus. Rivés à leur manette de jeu, plus rien n'existait, leurs épouses se posaient même la question du nombre d'enfants dont elles devaient s'occuper. Encore en bas âge, les petits Caro étaient arrivés coup sur coup et la même année de surcroît. L'un en janvier, l'autre en décembre. Pour le moment, ils découvraient le monde qui les entourait, mais dans quelques années, il y aurait certainement de la bagarre avec leur père pour jouer avec la PlayStation. Chez les Fouller, une petite fille était née en juin de l'année passée, juste entre les deux garçons de la famille Caro. Les deux jeunes papas avaient donc en dehors de leurs enquêtes et des jeux vidéo, un autre sujet en commun, les joies de la paternité et de pénibles et longues nuits à endormir leur progéniture brailleuse.

*

*   *

En moins d'une heure, ils arrivèrent à Melrand. Sur les lieux du drame, les gendarmes locaux avaient installé un cordon de sécurité, comme indiqué. Les deux officiers, après avoir consulté le chef des pompiers et découvert la scène, laissèrent l'équipe technique prendre place et faire leurs relevés. Effectivement, la thèse de l'accident était peu plausible. Gaby et Romain félicitèrent le chef de corps et les gendarmes de leur décision de ne pas faire déplacer la victime. Des éléments d'importance seraient peut-être relevés par les techniciens de l'identification criminelle et permettraient de résoudre rapidement cette enquête.

Retournant à leur véhicule, Gaby et Romain élaboraient la stratégie à adopter en de telles circonstances. Tout d'abord, interroger celui qui avait découvert le corps et identifier la victime. Ensuite, il faudrait prévenir les proches de la jeune femme de son décès, une tâche délicate dont ils se seraient bien gardés. Monsieur Le Goff étant, selon le médecin des secours qui s'était occupé de lui, apte à répondre aux deux gendarmes, ils décidèrent de l'interroger sur-le-champ.

Ils s'installèrent dans la maison, sur un coin de la table de la cuisine. Gaby, en face de l'ordinateur portable, allait saisir le procès-verbal et Romain, diriger l'interrogatoire. Celui-ci prit la parole et enchaîna les questions :

— Bien, nous nous sommes déjà présentés à notre arrivée. Nous sommes les officiers Caro et Fouller de la brigade de recherche départementale de Lorient, en charge de l'enquête sur le décès suspect d'une jeune femme sur votre propriété. Déclinez-nous votre identité complète…

— Yves Le Goff, 62 ans, veuf, retraité de l'Arsenal.

— Où demeurez-vous ?

— Ici, à la belle saison, mais pas tout le temps, je fais des allers-retours entre ici et mon autre domicile à Lorient, rue de Larmor, au 24.

— Propriétaire à vos deux adresses ?

— Oui, ici c'est la maison de mes parents, elle date de 1946, j'en ai hérité à leur décès. À Lorient, c'est un appartement que nous avons acheté avec mon épouse en 1978.

— Quand êtes-vous arrivé de Lorient ?

— Hier, en fin de matinée, sinon je suis passé vendredi après-midi tondre la pelouse et régler quelques détails pour le pardon.

— Le pardon ?

— Pour le pardon de la chapelle du Guelhouit, qui a lieu aujourd'hui. La chapelle se trouve à cinq cents mètres après le pont en continuant la route. Je fais partie des bénévoles de l'Association des Amis du Guelhouit et il fallait monter les tentes, le barnum…

L'émotion envahit Yves Le Goff, il se prit la tête entre les mains et chuchota :

— Grenouille… Je ne comprends pas, ce qui s'est passé, elle rayonnait hier soir… et ce matin…

— Calmez-vous, Monsieur, nous sommes là justement pour essayer de comprendre ce qui s'est passé. Connaissiez-vous bien la victime ?

— Oui et non.

— Expliquez-nous, dites-nous ce que vous savez de cette jeune femme, d'où elle vient, comment vous l'avez rencontrée…

Après avoir réfléchi un instant à ce qu'il allait dire, Yves se lança :

— J'organise, mais c'est un bien grand mot, les Rencontres melrandaises. Nous sommes un groupe de généalogistes qui communiquons via Internet durant l'année et voilà quatre ans maintenant que nous nous retrouvons chez moi le week-end du pardon. Grenouille, enfin je veux dire Manon, est venue pour la première fois, l'année dernière. Elle n'était présente que le samedi, si je me souviens bien… C'est une réunion amicale, chacun vient selon son désir et ses possibilités. Au début, nous n'étions qu'une petite dizaine, aujourd'hui, nous dépassons la vingtaine ; tous ne restent pas dîner et ne reviennent pas le dimanche pour la fête.

— Et sur Manon, que pouvez-vous nous dire de plus ? interrompit Romain qui voyait son homme partir dans un long discours.

— Ben, pas grand-chose, on la surnomme « Grenouille », elle s'appelle Lesker et habite Guénin.

— Avez-vous son adresse à Guénin ?

— Non, on ne communique que par le Net.

— Comment est-elle venue ? Seule ? En voiture ?

— Avec sa voiture, une Clio blanche.

— Vous me paraissez bien sûr de vous, pour le modèle de son véhicule…

— Oui, ma fille a la même. J'ai cru que c'était elle qui venait me faire une surprise. J'aurais été heureux de présenter l'artiste au groupe…

— L'artiste ? demanda Gaby sortant de sa réserve.

— Ma fille Célia a réussi le casting pour participer à une comédie musicale à Paris, elle est chanteuse lyrique, répondit Yves qui allait se lancer dans des explications.

— Effectivement, revenons à Manon, comment vous a-t-elle paru hier ? reprit Romain qui se fichait éperdument de la fille d'Yves. Il avait un problème bien plus délicat à résoudre que de connaître le nombre d'octaves nécessaires pour être Castafiore…

— En pleine forme et avec le moral, fit Yves.

— Que voulez-vous dire par « avec le moral » ?

— Elle nous a laissé entendre qu'elle venait de se séparer de son compagnon. Mais je n'en sais pas plus, il faudrait demander cela aux filles, elle avait l'air proche d'Adeline, elle en saura peut-être un peu plus… précisa Yves.

— OK, établissez-nous une liste des personnes présentes hier avec leurs coordonnées. On va devoir les interroger, demanda Romain.

— Je peux vous donner les noms, mais pour les coordonnées, cela va être plus compliqué, comme je vous le disais, à part les adresses mail, je ne sais pas grand-chose de chacun et je ne connais pas personnellement tous les invités de cette réunion. J'ai lancé l'invitation sur le forum où nous nous sommes tous rencontrés et venait qui voulait. Je ne souhaite pas institutionnaliser la chose, même si c'est la quatrième fois que l'on se retrouve…

L'arrivée du légiste les interrompit.

— Nous allons nous arrêter pour l'instant. Vous restez à notre disposition car nous aurons d'autres questions à vous poser tout à l'heure…

Au même moment, le portable d'Yves se mit à sonner.

— Je peux répondre ? demanda-t-il timidement, c'est le président de l'association, il doit se demander ce que je fais, j'avais rendez-vous à neuf heures à la chapelle.

— Oui, faites, dites-lui que vous êtes malade et que vous ne pouvez pas aller au rendez-vous, lui intima Gaby.

— Vous êtes drôle vous, avec la cavalerie qu'il y a dans mon jardin, s'il s'est rendu sur le site par cette route, il doit bien se douter qu'il se passe quelque chose de grave, lui répondit Yves.

— Je me suis mal exprimé, soyez simplement discret, je ne veux pas affoler la population ni attirer les curieux.

— Oui, je comprends, fit Yves en prenant la communication et en s'éloignant des gendarmes.

Gaby se tournant alors vers le légiste.

— Alors, Dédé Réclame, que te raconte la demoiselle ?

— Vicks, tu me l'as déjà faite combien de fois, celle-là ?

— Quand on aime, tu le sais bien, on ne compte pas.

À son arrivée à Lorient, Gaby avait eu en charge une délicate affaire où les autopsies avaient été nombreuses et sa consommation de pommade mentholée importante.

C'est à cette occasion qu'il avait rencontré André

Rodier, praticien passionné de la médecine légale, qui ne lui avait épargné aucun des détails les plus nauséeux de ses explorations. C'était le bizutage façon André Rodier, avec un petit nom en prime, Vicks. Pas dupe du stratagème, Gaby l'avait surnommé Dédé Réclame en rapport à son identité. Deux marques pour un même homme et qui l'habillent des pieds à la tête, fallait trouver ! En plus, André avait cette fâcheuse habitude de nommer les choses par leur marque et non par leur nom générique. Son surnom lui collait doublement à la peau, comme l'odeur mentholée avait collé à Gaby pendant cette fameuse enquête.

Redevenu sérieux, Dédé commença ses explications :

— L'autopsie nous en dira plus, mais pour le moment, je situe le décès entre minuit et une heure. Le coup asséné à la tête lui a été fatal et vu la réception de la chute je crois qu'elle aurait eu de grosses difficultés à vivre si elle en avait réchappé. C'est peut-être mieux ainsi, même si c'est extrêmement violent comme mort…

— As-tu trouvé des papiers sur le corps ? De quoi l'identifier ? demanda Gaby.

— Non, aucun document, mais le papy sait peut-être qui c'est… émit André.

— Il est un peu secoué.

— Tu m'en diras tant !

— Il nous a donné un nom et une commune. À nous de chercher, car il ne communiquait que par e-mail, donc pour l'adresse postale, nous repasserons.

— Moderne, le papy ! s'exclama le légiste. Bon, ce n'est pas tout, mais j'ai encore du travail, continua-t-il. J'embarque le corps et te tiens au courant de mes résultats, pour hier comme d'habitude… Au fait, tu pourras te renseigner, j'aimerais savoir comment étaient les yeux de la victime quand elle a été découverte.

— OK, ça marche, je poserai la question. Je vais contacter le maire de Guénin pour l'identification du corps et puis reprendre l'interrogatoire ; avec l'heure de décès que tu m'as donnée, je vais pouvoir orienter mes questions. Merci Dédé. À plus !

*

* *

L'équipe scientifique et les services de secours partis, le jardin parut bien vide tout d'un coup. Seuls restaient la Mégane break des enquêteurs, le fourgon de la brigade de Baud et la vieille Peugeot 405 d'Yves. Du break, Gaby appela le maire de Guénin. Son appel fut bref, Monsieur le maire ne connaissait pas de Manon Lesker parmi ses administrés. La commune n'étant pas très grande, il connaissait tout le monde et était désolé de ne pouvoir aider davantage. Cela n'arrangeait pas les affaires de Gaby, un corps à identifier, sans papiers, connu du témoin mais dont, tout compte fait, on ne savait pas grand-chose… une véritable énigme, cette fille ! Mais pour Gaby, il n'y avait pas de mystère qui tienne, elle venait bien de quelque part, la petite Manon, et il allait le trouver !

Avec Romain qui venait de le rejoindre, ils estimaient que pour résoudre une affaire d'homicide, il était nécessaire de savoir qui était la victime, ses habitudes, son tempérament, afin de connaître la raison de sa mort et trouver son meurtrier. Chaque enquête était donc pour eux la découverte d'un nouvel univers, ils s'en imprégnaient pour analyser et comprendre les causes du drame. Ils allaient décortiquer la vie de la victime et empoisonner, s'il le fallait, celle de tous ceux qu'ils allaient interroger, mais ils trouveraient ce qui s'était passé.

— Alors ? Ça donne quoi à Guénin ? demanda Romain.

— Rien. Inconnue au bataillon, le maire connaît tout le monde, mais pas notre victime. Il m'a laissé penser que cela pouvait être une touriste séjournant en chambre d'hôtes et il m'a donné les numéros de téléphone des deux gîtes de sa commune.

— Eh bien, voilà quelqu'un de réactif ! Je te laisse les appeler, moi, je vais voir les collègues de Baud et leur demander de nous faire une enquête de proximité. Quelqu'un a peut-être vu ou entendu quelque chose cette nuit… Et puis nous devons retrouver la Clio blanche. Au fait, est-ce que l'on a interrogé le fichier des cartes grises ? De leur Trafic, ils peuvent interroger le fichier, non ?

— Tous les véhicules sont équipés maintenant d'un système embarqué. Même la brigade de Baud. Tu gères… Et moi, j'appelle les gîtes, conclut Gaby.

IV

Sur la route qui passait devant la propriété et qui menait à la chapelle, le flot de voitures s'intensifiait avec un léger ralentissement à la vue des véhicules de gendarmerie dans le jardin d'Yves Le Goff. L'office religieux n'allait pas tarder à débuter et les fidèles commençaient à se rassembler sur le site.

À la fin du XIXe siècle, les foules étant si importantes au pardon, il avait été décidé d'aménager la colline à proximité de la chapelle de façon à permettre des cérémonies en plein air. Dans la pente douce creusée en arc de cercle, une scala de toute beauté avait été érigée contre la paroi rocheuse. Protégée des vents, elle n'en craignait pas l'érosion, toutefois, un autre élément la menaçait. Une luxuriante végétation habillait de sa verdure l'écrin où ce petit bijou d'architecture avait été posé. Mousses et lichens avaient colonisé la pierre, la rendant friable. Des travaux d'entretien, effectués régulièrement, permettaient de conserver l'édifice dans son décor bucolique, mais l'usure du temps se faisait voir sur les dalles en ardoise des marches. Polies par le passage des pèlerins, elles devenaient traîtres par temps humide et, pour gravir celles qui menaient à l'autel, les visiteurs assuraient précautionneusement leurs pas pour ne pas se retrouver cul par-dessus tête en jurant par tous les saints. La nature avait aussi fait son œuvre en découvrant les racines des arbres qui affleuraient sur le chemin. Glisser ou buter étaient les pièges à éviter lors de l'ascension. Toutefois, les efforts produits étaient récompensés par une étonnante vue plongeante sur la campagne.

Cette année, la météo était favorable à une messe de plein air et c'était de ce lieu, magnifiquement fleuri pour l'occasion, qu'elle serait célébrée. Sous la voûte verdoyante des arbres, on baptiserait et communierait en ce dimanche de pardon. Ceux qui le souhaiteraient pourraient admirer les lambris peints de la chapelle : une véritable bande dessinée, peinte en 1840, qui racontait en vingt-trois tableaux la vie du Pape Clément XIV. Ce héros biblique dominait aussi la porte principale de la chapelle de son imposante statue. Aujourd'hui, le lieu saint resterait ouvert aux curieux, mais il n'y aurait pas de chantre muni d'une gaule pour chanter aux fidèles l'histoire du saint homme. Une autre histoire captiverait leur attention…

En attendant l'office, les langues se déliaient, les questions se bousculaient sur les lèvres. « Que peuvent bien faire les gendarmes chez Yves ? Il se dit qu'une fille a été trouvée morte dans la rivière. » On supposait et on racontait avec certitude, parce que c'était untel qui était pompier qui avait dit qu'il avait vu. Mais qu'avait-il vraiment vu ? Toutes les horreurs lues dans la presse ou vues à la télévision étaient amalgamées et associées au drame du jour. La messe serait-elle dite avant l'heure ? Pas sûr qu'André Rodier tire les mêmes conclusions que les fidèles à l'issue de l'autopsie…

À la fin de la cérémonie, la procession se mit en marche vers le bûcher de fagots que l'on alluma à l'aide d'une statuette hissée depuis le clocheton de la chapelle. Un léger vent taquinait la bannière pourpre, brodée d'or de Notre-Dame et celle de saint-Isidore, tout aussi richement dotée, n'était pas épargnée.

Face aux flammes, toutes deux risquaient chaque année leurs dorures. Leur salut revenait à la dextérité de leur porteur, un exercice demandant un peu de force dans les bras et une certaine habitude. Le feu de joie devenu rapidement cendres, les cornemuseux commencèrent à souffler dans leur instrument et la foule se scinda en petits groupes. Certains rejoignirent les tentes où les tables les attendaient pour le repas, d'autres entamèrent quelques pas de danse. C'était jour de fête au Guelhouit.

Robert Le Denmat, sa compagne, Suzanne Vannier,

ainsi que Jacques et Irène Jégouzo qui avaient assisté à la messe, retrouvèrent le reste du groupe de généalogistes sous la tente. Une table leur avait été réservée par Yves. Ils savaient qu'ils le verraient sans doute peu de la journée, mais leur passage devant la maison les avait inquiétés. Arrivant les uns après les autres sur le site de la fête, tous se posaient la même question : que se passait-il chez Yves pour qu'il y ait tous ces véhicules de la gendarmerie ? Mais personne n'avait de réponse, aucun d'eux n'avait osé s'arrêter.

— Avez-vous vu Adeline ? demanda quelqu'un.

— Non, répondirent-ils tous en chœur.

— Tiens, la voilà, fit Claire.

Tous se retournèrent pour voir la nouvelle venue.

— Dis, tu es passée devant chez Yves, tu as vu la gendarmerie, tu sais ce qui se trame ? questionna Émilien.

— Oui, j'ai vu la voiture de Laurent Le Gal, arrêtée sur le bas-côté. Mais je n'en sais pas plus. Manon n'est pas là ? interrogea Adeline. Elle devait venir, je crois…

— Oui, fit Irène, nous avions prévu de comparer nos données cet après-midi. Elle a des Peuron comme moi dans son arbre généalogique.

— Elle a dû avoir un contretemps, elle va arriver… se persuada Robert. Il me semble qu'elle devait aller ouvrir au chien de ses parents qui sont en vacances. Elle doit être en train de courir après parce qu'il aura encore fugué…

— Enfin, c'est quand même étrange, toute cette agitation chez Yves ! fit Suzanne.

— Surtout que j'ai cru entendre dire qu'une fille avait été retrouvée égorgée dans la rivière, mais je n'ai pas bien compris où, répondit Alexis.

— Pourvu que ce ne soit pas chez Yves ! ajouta Geneviève.

— On se trompe peut-être, fit Robert, toujours optimiste. La venue des gendarmes n'a peut-être rien à voir avec la mort d'une jeune fille dans le coin. C'est peut-être parce que nous avons fait trop de bruit hier soir et que nous avons dérangé le voisinage…

— Bien sûr, on te croit, comme si les écureuils allaient téléphoner à la gendarmerie ! ironisa Émilien.

— Nous sommes peut-être à la campagne, mais il y a des habitations tout autour, précisa Élisabeth. Vous ne vous rappelez pas l'histoire du coq qui chantait trop tôt le matin. Son propriétaire avait eu des soucis avec son voisin, un Parisien fraîchement débarqué en province. Je ne sais plus comment cela avait fini, mais on en avait parlé au 20 heures.

— Betty, ne lance pas le sujet Paris/Province, s'il te plaît, aujourd'hui, nous sommes tous bretons, plaida Robert.

— Et si nous nous installions ? proposa Alexis dont l'estomac commençait à se faire entendre.

— Tu as raison, voilà l'apéro qui arrive, conclut Émilien.

L'esprit légèrement préoccupé, les généalogistes s'installèrent à leur table, sous la tente. Deux places restaient libres, celle de Laurent qu'ils savaient être chez Yves et celle de Manon qu'ils espéraient voir arriver rapidement.

V

Talroc'h - 11 heures 30.

L'enquête commençait difficilement. Les appels téléphoniques aux gîtes de la commune de Guénin s'étaient soldés par un échec. Aucune des maisons n'accueillait une jeune femme du nom de Manon Lesker, ni de personne correspondant à la description que Gaby leur avait faite. Le fichier des cartes grises était, lui aussi, resté muet. La situation se compliquait pour les deux enquêteurs. Vers où chercher ? L'observation de la scène du crime n'avait pas permis de retrouver l'arme du crime. L'enquête de proximité débutait, il fallait attendre le rapport des gendarmes et celui du légiste. L'impatience gagnait Gaby et Romain ; si déjà ils pouvaient localiser cette Manon Lesker et prévenir ses proches ! Il fallait aussi réinterroger le témoin. Yves Le Goff n'était peut-être pas étranger au décès de la jeune femme… Avant cela, ils décidèrent de contacter Max.

*

*   *

Maxime Le Breton, dit Max, était un informaticien de génie que les deux enquêteurs avaient rencontré quelques années plus tôt, lors d'un grand salon du jeu vidéo à Nantes. Visiteurs de ce salon, ils s'étaient toutefois bizarrement retrouvés à enquêter sur une affaire de jeux piratés, qui avait mal fini pour l'un des trafiquants. Une balle de 9 mm logée entre les deux yeux, pour lui, la partie s'était terminée plus vite qu'il ne l'avait sans doute imaginé… Au cours de cette enquête, le nom de Max était apparu. Gaby et Romain, amenés à l'interroger sur ses activités, en étaient arrivés à la conclusion qu'il était totalement étranger au réseau incriminé et au meurtre du trafiquant. Toutefois, Max n'était pas blanc comme neige. Encore jeune et naïf, il s'était perdu dans ses explications. Tout en expliquant l'organisation d'un tel réseau aux enquêteurs, leur racontant comment on procédait au décodage et à la copie des jeux vidéo et des logiciels informatiques, il leur avait révélé que son sport préféré était, outre de pirater les logiciels, celui de craquer les systèmes informatiques et les codes d'accès de tous les organismes bancaires ou autres avec lesquels il pouvait entrer en contact par le biais d'Internet. Il ne lésait personne et ne tirait aucun profit de ses agissements, son seul plaisir étant de mettre la pagaille dans les systèmes sans se faire prendre. Dans le milieu des hackers, il y avait une sorte de surenchère, c'était à qui ferait le plus de dégâts. Et c'étaient ses exploits qui avaient fait apparaître son nom dans cette affaire. Conscients du potentiel du gamin qu'ils avaient en face d'eux, ils firent le choix de ne pas l'inquiéter sur ses révélations mais passèrent un accord avec lui. Étant à la recherche d'un emploi, ils allaient essayer de l'aider dans ses démarches mais, en contrepartie, il devrait cesser ses activités illégales. Sinon, ils le feraient tomber et cela lui coûterait cher, très cher, car les entreprises victimes de ses amusements dépensaient des sommes de plus en plus importantes pour se protéger de pirates comme lui. Depuis, Max s'était rangé. Encore un peu marginal avec son look qui n'allait pas vraiment avec le cadre de son nouvel emploi, mais, au moins, il n'était plus hors la loi. Enfin, presque… Pantalon baggy et dreadlocks, Max ne passait pas inaperçu dans les locaux de la brigade de recherche départementale de Lorient.

Il était devenu consultant informatique, l'un des rares emplois civils que la gendarmerie pouvait lui proposer. Vu l'état de son appartement, serpillothérapeute n'était pas envisageable pour lui. Restait l'informatique, son domaine de prédilection, or la nouvelle cybercriminalité était en pleine expansion…

*

* *

En fin de matinée, ce dimanche, Romain cueillit Max au réveil. Ce jeune fêtard d'un quart de siècle avait encore dû avoir une nuit difficile... La voix pâteuse, il répondit au téléphone :

— Ouais, cé quoi ?

— Salut, Max, je te réveille ? C'est Romain.

— T'es chié, t'as vu l'heure ?

— Toujours aimable au réveil à ce que j'entends, je ne te dérange pas au moins, t'es seul ? Tu as de quoi noter ? J'ai une recherche à te demander, enchaîna Romain.

— Vous déconnez, les mecs, merde, on est dimanche ! Vous n'avez pas autre chose à faire, vous êtes de repos, non ? réalisa Max.

— Plus depuis que le procureur nous a réquisitionnés ce matin. Bon, ta bête est allumée ? s'impatienta Romain.

— Comme d'hab', mais je pensais que j'étais toujours célibataire et pas marié à Dupont et Dupond. Si j'avais su que vous étiez morpions à ce point !

— Arrête de te lamenter, avec nous, tu peux continuer à t'amuser, et avec la bénédiction de tous, alors...

— C'est moins fun !

— Trêve de plaisanterie, nous avons un cadavre sur les bras et pas de papiers d'identité. Nous avons besoin de ton aide sur ce coup-là. Nous avons juste un nom et un modèle de voiture. Trouve-moi tout ce que tu peux sur une Manon Lesker ; elle n'est pas dans les cartes grises, mais elle aurait une Clio blanche. Donc, tu vois pour me la localiser…

— OK, je vais commencer par draguer Ameli*, elle doit bien avoir un numéro de sécurité sociale, la minette…

— Fais comme tu le sens, nous comptons sur toi, car là, nous piétinons ferme, fit Romain.

— Je te rappelle dans une demi-heure pour te donner mes premiers résultats, annonça Max dont les doigts couraient déjà sur le clavier de son ordinateur.

La fièvre informatique l'habitait constamment et, malgré une nuit passée en discothèque, les oreilles pleines de décibels et l'esprit embué de vapeurs d'alcool, ses neurones, à peine effleurés par le mot “recherche”, s'étaient mis en marche. Tant pis pour la grasse matinée qu'il aurait souhaité prolonger, de toute façon, aucune beauté ne se trouvait à ses côtés pour le distraire… Étrange d'ailleurs pour ce prédateur né, qui rentrait rarement seul de ses soirées de débauche. Ce grand jeune homme svelte, à la peau mate, faisait des ravages auprès de la gent féminine. Y avait-il un grigri caché au milieu de ses dreadlocks pour qu'il les attire de la sorte ? Non, son regard azuréen, hypnotique, illuminait un visage aux traits

*Ameli : Serveur Internet de la Sécurité Sociale (Ameli.fr).

réguliers et sa nature nonchalante paraissait mystérieuse. Tout son charme résidait dans ses veines où coulait l'héritage des négriers nantais, le sang d'un armateur mêlé à celui d'une esclave noire dont la beauté avait subjugué cet homme. Plusieurs siècles après la rencontre de ces deux êtres, l'alchimie génétique du bleu des yeux d'un marin breton et de la beauté d'ébène d'une esclave africaine se retrouvait magnifiée dans cette descendance où transparaissait la splendeur de leur amour. Apparemment, cette fois le charme n'avait pas opéré, point de conquête sous la couette du tombeur, par contre, deux autres fervents admirateurs lui avaient trouvé de quoi s'occuper, et le devoir l'appelait. Sa rencontre avec Dupont et Dupond, comme il se plaisait à nommer Gaby et Romain, avait été son salut. Qui sait comment il aurait tourné dans le milieu des hackers, s'ils ne lui avaient pas donné la chance de faire de sa passion son métier… Plus qu'un métier, une mission, un peu envahissante toutefois pour entretenir une relation sentimentale stable avec une jeune fille.

VI

La communication terminée avec Max, Romain et Gaby retrouvèrent Yves Le Goff dans la maison. L'homme se trouvait dans le salon attenant à la cuisine. Assis dans un vieux fauteuil des années trente, recouvert de moleskine vert amande et qui aurait fait saliver plus d'un brocanteur, il avait le regard perdu. Face à lui, un renard empaillé qu'il ne voyait pas, le fixait de ses yeux de verre du haut de la cheminée. Qu'il devait faire bon dans cette pièce, au coin du feu, à écouter le rassurant tic-tac de l'antique comtoise qui tranquillement égrenait les minutes sans se lasser… L'heure n'était cependant pas à la nostalgie des flammes dans l'âtre et du crépitement du bois qui se consume. L'ambiance qui régnait dans le salon était loin d'une sympathique soirée entre amis à griller des châtaignes dans la cheminée, tout en dégustant un verre de cidre du pays… Il était presque midi, le soleil approchant du zénith invitait à prendre l'apéritif sous les sapins, les tables étaient déjà prêtes à recevoir les invités et le barbecue, les grillades. Mais Yves avait d'autres idées en tête en cet instant : il pensait à Manon.

*

* *

Gaby dont l'humeur s'était adoucie, résigné de devoir manquer le Tour de France pour cette année encore, prit la parole en arrivant près d'Yves :

— Monsieur Le Goff, nous allons vous interroger à nouveau. Nous n'ignorons pas que le moment est mal choisi, vous êtes encore sous le choc, mais nous avons besoin de prendre votre déposition. Nous ne vous cacherons pas qu'étant le principal témoin sur les lieux du drame, vous apparaissez comme notre premier suspect. Il est important que nous éclaircissions certains points avec vous, concernant votre emploi du temps…

— Moi, suspect ? fit Yves en ouvrant de grands yeux.

— Rien ne dit que c'est vous le coupable, tenta de le rassurer Romain, c'est juste que nous préférons vous interroger ici, plutôt que de vous convoquer à la brigade. Nous connaissons la mentalité des petits bourgs et nous ne souhaitons pas ajouter les suspicions villageoises d'une convocation à votre peine…

— Vous avez raison, les rumeurs vont si vite ! souffla Yves.

— Commençons… indiqua Gaby en ouvrant l'ordinateur portable. Je reprends le procès-verbal de ce matin, nous étions arrivés à la liste des participants à votre réunion…

— Comme je vous le disais, je n'ai pas les coordonnées de tout le monde, mais une bonne partie d'entre eux devaient venir au pardon aujourd'hui, vous allez donc pouvoir les rencontrer. Ils avaient rendez-vous à la chapelle, je suppose qu'ils n'auront pas osé s'arrêter en passant devant la maison, quand ils auront vu vos véhicules…

— OK, nous irons les chercher tout à l'heure, revenons à vous, monsieur Le Goff… À quelle heure vous êtes-vous couché hier soir ? demanda Romain qui reprenait les rênes de l'interrogatoire.

— À peine minuit. Je ne suis pas resté traîner après le départ de mes amis. Ils sont partis, il était vingt-trois heures trente environ, le temps d'éteindre toutes les lumières, de fermer la porte et de passer par la salle de bains, il ne devait pas être minuit que je dormais déjà.

— À quelle heure vous êtes-vous levé ?

— À six heures moins le quart. Je suis descendu ouvrir au chien, j'ai pris mon petit-déjeuner et je suis allé me laver. J'étais sous la douche quand le chien s'est mis à aboyer. Ce n'est pas son habitude de gueuler comme cela, alors je suis allé voir ce qui se passait. C'est là que j'ai découvert le corps de Manon et appelé les secours. Pour vous dire l'heure exacte, je ne sais pas, tout s'est enchaîné après, je me sens un peu perdu.

— Les secours ont été prévenus à six heures vingt-deux exactement, précisa Gaby.

— Sinon, intervint Romain, avez-vous entendu du bruit dans la nuit ? Le chien ne vous a pas alerté d'un quelconque mouvement dans le jardin ?

— Non, je n'ai rien entendu de spécial, mais il faut que je vous dise que depuis que j'ai eu des problèmes de santé, je prends des médicaments qui me font dormir comme un bébé. Il pourrait y avoir un bulldozer dans le jardin que je ne le saurais même pas !

— Quels médicaments prenez-vous ? Avez-vous une ordonnance ? C'est juste pour vérifier vos dires, demanda Gaby.

— Bien sûr, j'en ai une, rangée avec les médicaments dans la cuisine, je vais vous la chercher ! fit Yves en joignant le geste à la parole.

Revenant de la cuisine, il tendit un feuillet à Gaby qui prit note des noms des substances et du praticien prescripteur.

Romain reprit le fil de ses questions :

— Le chien n'a-t-il pas grogné, cette nuit ?

— Le pauvre Végas n'entend plus très bien, il va sur ses quatorze ans. C'est comme pour moi, les effets de l'âge se font sentir. L'heure de la retraite a sonné pour lui aussi, il me tient compagnie, même s'il ne peut plus me prévenir des éventuels visiteurs.

— Donc vous n'avez rien entendu cette nuit et le chien non plus ?

— Je suis désolé, j'aurais préféré ! se lamenta Yves.

— Vous n'y pouvez rien, il y en a tant qui souffrent d'insomnie et qui aimeraient avoir votre sommeil, essaya de le consoler Romain.

— Vous restez à notre disposition, fit Gaby. Nous repasserons pour vous faire signer votre déposition, mais bon, nous ne sommes pas encore partis, il nous faut interroger vos amis généalogistes…

— Au fait, juste une dernière question, fit Romain, comment étaient les yeux de Manon quand vous l'avez découverte ?

— Ouverts, répondit Yves, je les ai fermés, je n'arrivais pas à soutenir ce regard vide où la mort avait posé son voile. L'image de cette enfant, morte, les yeux ouverts, m'était insupportable. Il ne fallait pas ? interrogea-t-il.

— Vous n'avez pas mal fait, c'est le légiste qui voulait cette précision, lui répondit Romain dont le portable se faisait entendre.

S'excusant auprès d'Yves, il sortit de la maison pour prendre la communication.

— Fouller, j'écoute…

— C'est Max.

— Alors, qu'est ce que tu as ?

— Elle porte bien son blaze, ta donzelle !

— Quel langage, mon vieux, un peu de respect pour elle, s'il te plaît…

— OK, patron !

— N'en rajoute pas, t'es pas dans la police, Max, bon alors ?

— C'est une écharde.

— T'as pas fini tes conneries, tu as trouvé son adresse ou pas ?

— Quand je te dis qu'elle porte bien son nom, je ne te baratine pas. Le Sker, en breton, ça veut dire “écharde” et là, c'en est une belle, car je ne la trouve nulle part ! Pas de Sécu, pas de banque, pas de téléphone, pas d'assurance, rien concernant sa voiture. Si tu me donnes une adresse e-mail, j'arriverai peut-être à trouver quelque chose, mais je ne te garantis rien. Pour l'instant, j'ai que dalle.

— Essaye les associations de généalogie, elle en fait partie.

— Hey ! Ghostbusters c'est pas moi, je ne fais pas encore dans les fantômes, mec !

— Il va falloir quand même que nous trouvions son identité parce que je peux te dire qu'elle va nous hanter, tant que nous n'aurons pas élucidé l'affaire…

— OK, je m'y remets, et si tu as une info quelconque qui pourrait m'aider, tu me rappelles…

— Ça marche, à plus, Max !

*
* *

S'apprêtant à retourner dans la maison, Romain s'arrêta dans son mouvement. Une voiture venait de faire une marche arrière et de stationner sur le bas-côté de la route. Un jeune homme en jean et chemisette à carreaux en descendit, traversa la chaussée et se dirigea directement vers Romain. Le nouveau venu, les cheveux coupés court et les oreilles bien dégagées, présentait une trentaine dynamique. Tendant une main franche à Romain, il se présenta :

— Bonjour, Laurent Le Gal, je suis de la brigade de Fouesnant. Yves va bien ?

— Romain Fouller, brigade de recherche départementale de Lorient, accueillit froidement Romain. Puis-je savoir ce que vous venez faire là, connaissez-vous monsieur Le Goff ?

— Oui. Comment va-t-il ? réinterrogea Laurent. De vous voir là m'inquiète…

— Je vous rassure, monsieur Le Goff va bien. Pouvez-vous m'expliquer ce qui vous amène ici, vous êtes loin de votre brigade, il me semble…

— Je suis de repos et j'en profite pour faire un peu de généalogie. Hier, j'étais ici à la réunion et je viens retrouver les autres pour le repas au pardon de la chapelle qui se trouve un peu plus loin, expliqua Laurent.

— OK, vous tombez bien, si je peux m'exprimer ainsi. Je n'ai pas une bonne nouvelle à vous annoncer. Vous vous en doutez, nous ne sommes pas là par hasard. Entrez dans la maison…

— Vous pouvez y aller, je suis rodé avec le métier, fit Laurent.

— Entrez, s'il vous plaît, ordonna Romain.

Laurent obtempéra. La porte d'entrée donnait directement sur la cuisine, elle-même ouverte sur le salon. À la vue de Laurent, Yves, qui était toujours dans le salon avec Gaby, se leva et vint vers lui.

— Bonjour Laurent, tu es au courant ? fit-il.

— Non, mais vous allez me dire ce qui se passe… Ça va, toi ? demanda Laurent.

— Moi, ça va aller, c'est Manon, répondit Yves.

— Elle a eu un accident ? interrogea Laurent.

— Son corps a été retrouvé sans vie dans la rivière, intervint Romain

— Grenouille, dans la rivière… murmura Laurent tout en s'asseyant dans le fauteuil. L'estocade avait fait mouche, le gendarme de Fouesnant était terrassé. Tout se bousculait dans sa tête. Ce matin, en se levant, il ne pensait sûrement pas apprendre une si tragique nouvelle. Il fallait se ressaisir. Timidement, il tenta une question :

— Et les autres… ils… sont au courant ?

— Non, lui répondit Romain, monsieur Le Goff suppose qu'ils n'ont pas osé s'arrêter et qu'ils sont à la chapelle. C'est là que vous aviez rendez-vous, n'est-ce pas ?

— C'est exact, répondit Laurent qui se remettait du mieux qu'il pouvait. Comme je suis de la "maison", je me suis permis de m'arrêter, sinon c'est clair que je ne l'aurais pas fait.

— C'est assez compréhensible comme comportement, fit Gaby, toujours derrière son ordinateur. Dites, vous qui étiez là hier et qui êtes de la maison, vous pourriez nous établir la liste des personnes présentes à la réunion, avec leurs coordonnées ?

— Oui. Si vous permettez que j'aille à mon véhicule chercher mon ordinateur. J'y ai basculé les clichés que j'ai pris hier, et il y a une photo de groupe, comme cela, nous serons sûrs de n'oublier personne. Mais pour Manon, vous pouvez me dire ce qui lui est arrivé ?

— Sa tête a été fracassée sur la pierre lavoir, fit Yves. C'était horrible à voir, du sang partout.

— Sait-on qui a fait cela ? interrogea Laurent.

— C'est ce que nous cherchons en retraçant l'emploi du temps de Manon, ses habitudes, les conflits qu'elle aurait pu avoir. Nous ne privilégions aucune piste : rôdeur, vengeance ou crime passionnel, répondit Romain.

— Enquête classique, en somme, fit Laurent.

— Globalement, oui, ajouta Gaby, sauf que pour le moment, nous n'avons pas grand-chose sur la victime pour nous orienter et que nous allons devoir interroger toutes les personnes qui étaient là hier soir. Vous êtes les derniers à l'avoir vue en vie. Nous allons avoir besoin de votre aide. Allez chercher votre ordinateur, nous vous attendons…

*

* *

En moins de deux minutes, Laurent avait apporté son portable dans le salon et il faisait déjà défiler les prises de vue numériques sur sa machine, à la recherche de la photographie de groupe. Tous les quatre avaient les yeux rivés sur l'écran, quand Gaby s'écria à la vue d'un cliché :

— Tous vos amis sont-ils équipés comme vous ?

La photographie en question représentait les généalogistes en plein travail. Ils étaient par groupe de deux ou trois selon les cas, installés des deux côtés des tables de jardin ; derrière, on voyait pas moins de huit ordinateurs portables. Près d'un demi-siècle séparait l'aîné de la benjamine, mais tous étaient sur la même longueur d'onde d'un point de vue technologique. L'informatique et la généalogie faisaient bon ménage, à quelques irréductibles près, qui ne voulaient pas en entendre parler. Ils s'obstinaient avec leur bloc papier et leur crayon à prendre des notes et recopier des kilomètres d'actes d'état civil, d'autres associaient les deux : l'informatique, pour le côté pratique et fonctionnel des logiciels, et une sauvegarde papier en cas de clash informatique. Deux sécurités valant mieux qu'une, une autre technique de conservation des données consistait à faire héberger son arbre sur un site dédié à la généalogie. L'avantage non négligeable de ce système était de permettre la comparaison des données de tous les internautes et de réaliser des cousinages. Une façon de progresser dans ses recherches, tout en évitant de perdre le travail de plusieurs années par une mauvaise manipulation. C'était déjà arrivé à des virtuoses de la souris, alors aux néophytes, n'en parlons pas…

Laurent, en adepte averti, répondit à Gaby :

— Oui ou presque, du moins pour les appareils photo numériques, nous en sommes tous équipés. C'est très pratique pour les actes d'état civil, comme cela, plus de photocopie, nous les insérons directement dans les fiches individuelles informatiques de nos ancêtres et nous pouvons les envoyer par Internet à ceux qui sont concernés.

— OK, fit Gaby, vous avez l'air passionné par le sujet et passionnant à écouter, mais je dois vous couper. Avec monsieur Le Goff, établissez-nous la liste des personnes présentes. Je dois m'entretenir avec mon collègue.

Se tournant vers Romain, il lui fit signe de venir avec lui dans la cuisine. Il faisait bien de stopper Laurent car lancer un généalogiste sur son sujet fétiche c'était prendre le risque de remonter les siècles sans voir le temps passé… Arrivés dans la pièce, Gaby dit à Romain :

— Je crois que nous allons devoir nous bouger si nous voulons interroger tout ce petit monde… Vu l'heure, ils ont dû commencer à déjeuner. Nous devrions en faire autant ; le ventre plein, j'aurai les idées plus claires. Je commence à saturer ; de plus, nous piétinons. Nous récupérerons le troupeau au dessert. Qu'est-ce que tu en penses ?

— Ça me va, j'ai « monsieur Thomac » qui commence à grogner. Nous faisons une pause. Après, j'aimerais bien savoir ce que donne l'enquête de proximité… Au fait, comment tu le trouves, le petit jeune ? lui demanda Romain en parlant de Laurent Le Gal.

— Professionnel, il s'en est pris une bonne avec ce que nous venons de lui annoncer, mais il se relève bien. Je pense que nous pouvons en tirer parti. Il peut nous être utile et je serais d'avis de l'envoyer retrouver ses amis pour nous préparer le terrain. Je pense aussi que tu vas pouvoir appeler Max. Tu as vu la photo avec les ordis ? Ils ont du matos, les chasseurs d'ancêtres ! Faut que nous récupérions tous les clichés qu'ils ont pu prendre, l'un d'entre eux aura peut-être pris par hasard la scène qui nous mettra sur la piste du meurtrier…

— OK, j'appelle Max, je te laisse voir pour le “ravito” et l'enquête de proximité…

VII

Pardon du Guelhouit - 12 heures 45.

Au repas de la fête, la table des généalogistes tentait difficilement de garder la bonne humeur, le cœur n'y était pas, contrairement aux autres années. Ne pas savoir ce qui retenait les retardataires donnait place à trop de questions, en plus de la rumeur d'une jeune fille égorgée. Laurent arriva tel un Messie. Son air grave tranchait avec celui qu'il avait la veille, enjoué et souriant. Ils se feraient la bise tout à l'heure, un bonjour collégial suffisait pour le moment. À l'annonce du décès de Manon, la stupeur se lut sur tous les visages, les fourchettes se turent. Consternés, ils avaient imaginé des tas de choses, mais pas cela ! Leurs retrouvailles annuelles prenaient une drôle de tournure. Discuter des feuilles mortes de leurs arbres qu'aucun d'eux n'avait pu découvrir était une chose, apprendre la mort si brutale d'une des leurs en était une autre. Ils savaient que tous, un jour, ils devraient tirer leur révérence et qu'apprendre le départ des uns et des autres les affecterait, mais là, le souvenir de Manon planerait immanquablement sur les futures Rencontres melrandaises. Y en auraient-ils après un drame pareil ? Le doute était permis.

La conversation s'engagea tant bien que mal. Être interrogés par les gendarmes leur paraissait logique et aucun n'y voyait d'objection. Toutefois, des questions morbides leur taraudaient l'esprit, Manon avait-elle souffert ? Avait-on abusé d'elle ? Laurent était dans l'incapacité de leur répondre, il n'avait pas vu le corps. Mais ces questions, il se les était déjà posées et savait pertinemment que seul le légiste pourrait y répondre. Il faudrait attendre les résultats de l'autopsie. Il éluda le sujet, l'appétit de ses comparses s'était peut-être évaporé, mais ce qu'ils avaient avalé n'était pas encore digéré. Il ne fallait pas rendre la situation plus désagréable qu'elle ne l'était. Le repas achevé, le café fut accueilli avec plaisir. Ils auraient bien accompagné ce remontant de quelques gouttes ambrées d'un alcool fort, mais ce n'était pas le moment de s'obscurcir les idées. Deux enquêteurs de la gendarmerie les attendaient à Talroc'h. Se retrouver sur les lieux du drame les faisait frissonner, plus que la peur des questions des enquêteurs. Ils n'avaient rien à se reprocher, pourquoi s'inquiéteraient-ils ?

*

*   *

Gaby et Romain avaient trouvé de quoi se sustenter, un des gendarmes de Baud étant allé chercher des sandwichs au restaurant du coin. Un coup de chance que le Relais de La Sarre soit ouvert ce dimanche midi : il accueillait le repas de baptême du petit Erwan, qui avait eu lieu à la chapelle du Guelhouit pendant le pardon.

Lors de ce frugal repas qu'Yves partageait avec eux, Gaby et Romain apprirent qu'il était veuf depuis de nombreuses années et qu'il se consacrait à ses enfants, qu'il avait élevés seul. La famille de sa femme s'était détournée de lui, lui reprochant son décès. Que pouvait-il pourtant contre la maladie ? C'était déjà suffisamment douloureux de la voir dépérir chaque jour un peu plus sans pouvoir rien faire… Leur soutien aurait été le bienvenu dans ces moments difficiles, surtout qu'il se retrouvait avec deux enfants de dix et onze ans à élever. Pour eux, il n'avait pas sombré et il s'était accroché à eux comme à une bouée de sauvetage. Aujourd'hui, leurs métiers faisaient qu'il ne les voyait pas autant qu'il l'aurait souhaité, mais étant donné qu'ils s'épanouissaient dans ce qu'ils faisaient, il s'en accommodait. Les voir heureux suffisait à son bonheur. Il avait tenté, au début de sa retraite, de suivre sa fille dans ses tournées, mais sa santé lui avait fait défaut pour tenir le rythme et il n'avait pas trouvé sa place. Suivre une troupe d'artistes n'est pas évident, ils ont leur propre monde et être toujours entre deux valises ne lui correspondait pas. Sa petite Célia avait quand même trouvé le temps de le faire grand-père. C'était sa fierté, d'autant plus que cela avait rapproché sa fille. Étant maman, elle limitait ses absences pour s'occuper le plus possible de sa fille. Quant à son fils, Thomas, il était géologue et c'était plus ou moins grâce à lui qu'il s'était mis à l'informatique et Internet. Toujours à l'étranger pour ses recherches minéralogiques, ils avaient opté pour un logiciel leur permettant de communiquer via la webcam. Toute une technologie qu'Yves avait dû apprivoiser. Suite à cela, il avait repris ses recherches généalogiques et, de fil en aiguille, s'était retrouvé sur le forum où il avait rencontré ses amis généalogistes. Cela comblait un peu sa solitude ; ne pas avoir refait sa vie après le décès de sa femme lui pesait maintenant. Ses enfants avaient grandi et il fallait les laisser faire leur vie. Il n'avait pas essayé de trouver une compagne, car pour se lier avec une autre femme, il aurait d'abord fallu qu'il fasse le deuil de la sienne et il n'était toujours pas prêt à le faire. Son amour pour Élise avait été d'une telle force, dès le premier jour où il l'avait vue, qu'il ne pouvait pas imaginer aimer une autre personne. Entre eux, c'était la fusion totale. Pour lui, elle avait bravé les interdits imposés par ses parents. Avec dix ans d'écart entre eux et des origines sociales différentes, leur couple détonnait, mais c'était ce qui faisait leur richesse. Elle était juste partie trop tôt. Et si sa mort prématurée était une punition divine à cet amour contre nature ? Cette idée fit réagir Gaby ; pas très au fait des préceptes religieux avec des parents qui avaient fait mai 1968 et suivi le mouvement hippy, il trouvait étrange que l'on puisse punir l'amour alors que, selon ce qu'il avait retenu de la catéchèse, l'amour était un don de Dieu. Le coup sur la tête qu'avait pris Yves au réveil lui donnait le besoin de se confier, et Gaby et Romain s'étaient pris d'amitié pour le bonhomme, mais ils n'eurent pas le temps de philosopher plus sur la question, car Max arrivait avec son matériel et les généalogistes n'allaient plus tarder à suivre.

Le temps que Gaby et Romain accueillent Max, Yves s'était éclipsé pour se changer. Il avait troqué son innommable jogging contre un pantalon de toile écrue et une chemise en jean. Il avait bien meilleure allure dans cette tenue, certes décontractée, mais élégante. Bien que vivant seul, il avait gardé l'habitude de se vêtir correctement. De toute façon, Célia y veillait et lui aurait fait la remarque s'il s'était laissé aller. Élise leur avait inculqué cette sorte de respect de soi-même et des autres. Tout au long de sa maladie, chaque jour, elle s'était appliquée à s'habiller et se maquiller, comme si de rien n'était.

Pour ses enfants, il ne fallait pas qu'elle paraisse souffrante, elle voulait les voir vivre, sourire comme tous les enfants de leur âge. Elle avait réussi son pari jusqu'aux derniers jours où elle n'avait plus eu la force de se lever. Yves ne craignait pas sa fille, mais il ne voulait pas la décevoir et se voir gratifier d'un redoutable : « Si maman te voyait… », ce qui aurait été de bonne guerre, car il en avait usé lui aussi pour les élever.

*

*   *

Max avait étalé ses jouets sur la table de la cuisine, il était fin prêt à récupérer les fichiers numériques des généalogistes. Il commença par ouvrir le portable de Laurent resté dans le salon sur lequel un Post-It avait été collé à son intention, lui indiquant les fichiers qu'il devait récupérer. Quand il vit la fameuse photographie qui avait fait réagir Gaby, il ne fut pas déçu du voyage. Il se sentait presque ridicule avec son matériel, pour un peu, il n'aurait même pas eu besoin d'être là, ils avaient tout le nécessaire pour réaliser les manipulations pour lesquelles il était venu. Mais bon, Gaby et Romain avaient d'autres occupations que de rester jouer les informaticiens de campagne, les dépositions des généalogistes allaient prendre tout leur temps et ils n'en disposaient pas de tant que cela… La journée était plus qu'avancée et ils ne savaient toujours pas d'où sortait mademoiselle Lesker ni qui prévenir de son décès. Ils espéraient beaucoup de leurs entretiens avec les "généaleux". De plus, l'enquête de proximité n'avait rien donné. Les habitants du quartier n'avaient rien remarqué d'anormal et aucune Clio blanche n'avait été signalée abandonnée. L'arrivée des véhicules des généalogistes dans le jardin les fit sortir de la maison.

VIII

Talroc'h - 14 heures 35.

Les chercheurs d'ancêtres arrivaient tous ensemble. Rapidement, ils garèrent leurs véhicules et se retrouvèrent près des tables de jardin, sous les pins où Gaby, Romain, Max et Yves les attendaient. Les enquêteurs ainsi que Max se présentèrent et leur firent un topo sur la façon dont ils allaient procéder.

— Laurent, je peux vous appeler Laurent ? demanda Gaby.

— Oui, bien sûr, répondit l'intéressé.

— Pouvez-vous faire le point : par rapport aux personnes figurant sur la photo de groupe, lesquelles sont présentes ?

— OK, donc euh… de tous ceux qui sont restés dîner hier soir, il ne manque qu'Odile Cojan, François Lamour et Christine Jéhanno. Christine repartait sur Marseille ce matin tandis que François et Odile allaient chez leurs enfants à Cancale, avant de retourner chez eux au Havre.

— D'accord, et du reste du groupe, tout le monde est là ? demanda Gaby.

— Non, il en manque quelques-uns. Ils avaient autre chose de prévu aujourd'hui, fit Laurent en montrant les noms soulignés sur la liste qu'il avait établie avec Yves.

— Parfait, est-ce que l'un d'entre vous sait comment les contacter ? interrogea Gaby.

— Dommage qu'Odile ne soit pas là, dit Adeline, elle a réalisé un trombinoscope avec une fiche signalétique pour chacun de nous. Mais nous n'allons pas pouvoir la contacter tout de suite, son téléphone portable est HS et j'ignore le nom d'épouse de sa fille qui vit à Cancale.

— Par contre, ajouta Claire, tous ceux qui habitent à Paris sont encore là.

— Bon, ce n'est pas trop gênant, conclut Gaby, nous les convoquerons à la gendarmerie la plus proche de leur domicile.

— Laurent a dû vous apprendre que votre collègue généalogiste, Manon Lesker a été retrouvée sans vie au bord de la rivière, par monsieur Le Goff, commença Romain. Nous vous demandons donc de rester éloignés du périmètre où elle a été trouvée pour ne pas polluer la scène de crime, continua-t-il en montrant les bandes fluorescentes installées au pignon de la maison, le matin même, par les gendarmes locaux.

— Ce n'est pas Lesker, intervint Élisabeth.

— Comment cela ? lui répondit Romain avec des yeux grands comme des soucoupes.

— Ben non, elle s'appelle Elliot, Manon Elliot.

— Je pouvais toujours chercher ! se lamenta Max.

— Tu sais ce qu'il te reste à faire... lui lança Gaby.

— OK, j'y vais, marmonna Max, retournant à ses jouets dans la cuisine.

— Pouvez-vous nous expliquer ? demanda Romain en se tournant vers Élisabeth.

— Oui, l'année dernière, quand elle est venue, nous savions qu'elle s'appelait Manon, mais pas Manon comment. C'est quand nous avons voulu ajouter son nom à la liste des participants que nous nous sommes rendu compte que nous ignorions son nom de famille. Comme son pseudonyme sur le forum c'est « maglesker », nous en avons déduit que c'était Manon Lesker.

— Et le « G » dans tout cela, il correspond à quoi ? releva Gaby qui prenait des notes.

— Eh bien « ma » de Manon, « g » de généalogie et Lesker pour son nom de famille, ce qui donnait « ma généalogie Lesker », et qui nous paraissait des plus évident, expliqua Élisabeth.

— Tu vois, Betty, fit Robert, eh bien, moi, au début, je pensais que « mag » c'était le diminutif de Magali mais j'avais tout faux, en réalité le « ma » et le « g » ne sont pas associés, le « g » va avec « Lesker » ce qui donne Glesker et qui veut dire « Grenouille des champs » en breton, d'où son surnom de "grenouille".

— Effectivement, vu comme cela, c'est assez logique, dit Gaby et savez-vous pourquoi « Grenouille » ?

— C'est une longue histoire, commenta Robert. Je lui avais posé la question à ce sujet et elle m'avait raconté que cela venait de son enfance. Elle était fascinée par le processus de l'œuf qui devient têtard puis grenouille. Dès qu'elle se trouvait à proximité d'un plan d'eau, elle cherchait à en découvrir. Ses proches avaient fini par l'appeler Miss Grenouille parce que si elle trouvait des œufs, elle en ramenait à la maison pour les voir se transformer dans l'aquarium familial. Quand elle a grandi, ça lui a un peu passé, le "Miss" est parti, mais "grenouille" est restée.

— C'est une jolie histoire, maintenant que nous avons éclairci ce point et que nous connaissons l'identité de la victime, nous allons prendre vos dépositions et Max va basculer sur son disque dur les photographies que vous avez prises hier. Vous irez, chacun à votre tour, avec votre matériel, ordinateur et appareil photo le voir pour cela, et lui indiquer les fichiers qu'il devra prendre. Le contenu de votre ordinateur ne nous intéresse pas, il n'y a que les clichés de la journée d'hier. Est-ce que j'ai été suffisamment clair pour tout le monde ? Avez-vous des questions ? demanda Romain.

Un murmure approbateur lui fit écho, seul Yves s'exprima :

— Je suis désolé de vous avoir fait perdre tout ce temps, j'étais persuadé qu'elle s'appelait Lesker.

— L'essentiel c'est que nous avancions et que nous découvrions ce qui s'est passé, le rassura Romain, vous l'appeliez "Grenouille" comme tout le monde, nous ne pouvons pas vous en vouloir de ne pas avoir retenu son nom de famille qui pouvait très bien être Lesker.

*

* *

Immédiatement, Gaby et Romain enchaînèrent les procès-verbaux. Max n'était pas venu les mains vides, il avait apporté un second ordinateur portable pour ses collègues qui pouvaient ainsi, assistés tous deux d'un gendarme de la brigade de Baud, mener leurs interrogatoires en simultané.

Gaby s'était installé dans le salon et Romain, dans une sorte de vestibule séparé de la cuisine par une porte vitrée, et d'où un escalier menait à l'étage. Assis sur une des premières marches, l'ordinateur posé sur une chaise face à lui, Romain interrogeait

Élisabeth Le Normand qui n'avait de normand que le nom.

Elle ne lui apprit pas grand-chose sur Manon, elle avait correspondu un peu avec elle et avait discuté d'un peu de tout, le samedi ; elles avaient notamment prévu de se voir à Paris quand elle y monterait. Elle l'appréciait pour sa simplicité, son naturel. C'était plaisant de discuter avec elle. Élisabeth aurait souhaité la connaître davantage…

Gaby était plus chanceux. Adeline Morvan se tenant face à lui connaissait un peu plus Manon pour l'avoir fréquentée dans diverses manifestations culturelles. Habitant Baud, elle était plus proche géographiquement de Manon, elle-même originaire de Pluméliau. Le décès de Manon la bouleversait visiblement et elle se sentait fautive de l'avoir incitée à venir à la réunion à Melrand, l'année passée.

Leur première rencontre avait eu lieu aux archives départementales à Vannes, quelques mois avant la réunion. Le contact s'étant bien établi, elles s'étaient revues régulièrement à des spectacles et des expositions, et c'était avec plaisir qu'elles avaient retrouvé les autres à Melrand.

Le petit ami de Manon étant toujours sur les routes pour son travail, celle-ci se retrouvait fréquemment toute seule. Elle avait donc organisé sa vie en fonction de cette absence et s'était mise à la généalogie pour passer le temps. Mais cela ne l'occupait pas suffisamment, personne ne l'attendait à la maison, alors elle avait fini par accepter des missions extérieures pour son travail si bien que son emploi du temps était devenu incompatible avec celui de Simon. Ensemble, ils s'étaient résolus à se séparer pour le bien de chacun.

Manon adorait son travail et s'y donnait à fond. Dessinatrice dans un cabinet d'architecture en plein essor, elle pouvait espérer, avant la fin de l'année, une petite promotion. De plus, elle venait d'emménager dans une maisonnette qui lui venait d'une grand-tante célibataire. Étant fille unique, ses parents lui avaient transmis ce bien dont ils avaient hérité. Elle bourgeonnait d'idées pour faire de sa nouvelle demeure un petit nid douillet. Tout s'annonçait pour le mieux pour elle.

Gaby allait devoir annoncer aux époux Elliot le décès leur fille unique. Cela n'allait pas être des plus simple car ceux-ci avaient été déposés par Manon, la veille, à l'aéroport de Lorient-Lann-Bihoué, pour un voyage en Italie, ce que Geneviève Poulain confirma lors de sa déposition. Elle avait passé sa journée à faire du crochet et à discuter, principalement avec madame Turbo et monsieur Jégouzo. Ils étaient tous deux aussi intéressés qu'elle par la généalogie. Ils ne faisaient qu'accompagner leur moitié dont c'était le dada et suivaient plus ou moins l'avancée des recherches. Geneviève, elle, accompagnait sa fille Claire, chercheuse d'ancêtres depuis une bonne vingtaine d'années. L'occasion d'une escapade en Bretagne, sa région d'origine, elle ne l'aurait manquée pour rien au monde. Les crêpes y étaient si bonnes ! Elle avait longuement parlé avec Manon de l'Italie, de son climat et de son architecture. Esthéticienne en retraite, elle avait fait sa carrière dans le Var et, l'Italie étant très proche, elle s'y était rendue fréquemment et elle en conservait de bons souvenirs d'avec feu son mari. Geneviève leur précisa que les parents de Manon étaient en voyage à Venise pour une dizaine de jours en amoureux : le couple Elliot y fêtait en effet ses trente ans de mariage. Un drôle de cadeau que de perdre leur fille unique…

Robert Le Denmat qu'interrogeait Romain, était l'un des premiers à avoir rencontré Manon sur Internet. Il faisait partie d'un système d'entraide généalogique auquel elle s'était adressée au début de ses recherches. Il l'avait dirigée vers le forum où elle aurait certainement trouvé plus d'aide encore qu'il ne pouvait lui proposer.

Les échanges entre eux avaient continué régulièrement. Lui, vivant comme les autres membres de la réunion en région parisienne, elle avait pu lui venir à son tour en aide, en se rendant en mairie pour chercher des actes qui n'étaient encore numérisés par les archives départementales.

C'était cela l'esprit de ce groupe passionné de généalogie, une petite communauté où tout le monde se prêtait la main en fonction de ses possibilités et où l'on rencontrait des gens de toutes les catégories sociales et de tous les univers. Le banquier y côtoyait la femme de ménage et l'infirmière cousinait avec l'antiquaire.

Il avait été très content de mettre un visage sur la « grenouille » du Net qui s'était déplacée pour lui en mairie. Yves Le Goff avait eu une bonne idée de rassembler chez lui les généalogistes amateurs, sinon il n'aurait jamais rencontré la petite Manon ni sympathisé avec elle, comme il l'avait fait l'année passée. C'était une joie pour lui de retrouver toutes ces têtes et de partager ce moment convivial.

Le décès de Manon allait être dur à accepter, ils avaient du mal à y croire, ils n'avaient pas vu le corps qui leur permettrait de commencer leur deuil. Elle était la benjamine du groupe et tous la considéraient comme leur propre fille. C'est en pensant à la douleur des parents de Manon quand ils apprendraient la triste nouvelle que Robert se souvint de Joe.

Manon lui avait dit qu'elle serait peut-être en retard ce matin car elle devait aller s'occuper du chien de ses parents. Elle lui avait parlé du bébé gâté qu'était devenu Joe, il faisait des caprices quand ses maîtres s'absentaient et refusait de s'alimenter. Il n'était pourtant pas à plaindre, elle passait jusqu'à trois fois par jour lui rendre visite dans ces moments-là. Depuis samedi matin, la pauvre bête était enfermée dans le garage et elle ne verrait sans doute personne avant le retour de ses maîtres. Il faudrait penser à aller s'occuper d'elle avant qu'il ne soit trop tard.

Gaby et Romain avaient enchaîné les dépositions sans relâche et Max, les transferts de fichiers sur son ordinateur. Le Tour de France était arrivé depuis plusieurs heures maintenant et l'on se fichait bien de savoir qui avait remporté l'étape. L'après-midi avait été rude d'un point de vue émotionnel.

Antoine Provost avait surpris tout le monde car son panache naturel s'était évanoui. Railleur, un tantinet taquin, charmeur à l'occasion, il s'était liquéfié à l'évocation de Manon. Il était devenu l'ombre de lui-même. Jamais il n'aurait imaginé que la disparition de cette fille qu'il ne connaissait que depuis quelques heures à peine, aurait pu le toucher à ce point. Il s'en voulait lui-même d'être aussi faible.

Tous étaient choqués comme lui du drame, mais il venait simplement de faire la dure découverte qu'il était un être humain comme les autres et qu'il pouvait avoir des sentiments et pleurer. À quarante-cinq ans, tiraillé entre le doux souvenir de sa mère aimante, partie trop tôt, et la rigidité militaire de son père pour qui les larmes étaient une affaire de femmes, il s'ouvrait enfin aux émotions. Émilien qui se trouvait juste à côté avec Max, était venu à son secours. Il ne reconnaissait pas son ami. Jamais depuis le temps qu'ils se fréquentaient, il ne l'avait vu dans cet état. L'homme solide de la veille avait laissé place à l'enfant de neuf ans qui pleurait sa mère avec trente-six ans de retard. Il faudrait qu'ils aient une discussion tous les deux ; plus tard, quand les flots se seraient taris.

Embarrassé, Gaby qui prenait la déposition d'Antoine, leur avait fait signe qu'ils pouvaient y aller. Il avait enregistré le procès-verbal et éteint son écran. Lui aussi avait besoin de faire une pause et de prendre l'air.

*

* *

Les généalogistes libérés par les enquêteurs se quittèrent, le cœur gros. La veille, ils étaient heureux de dîner tous ensemble dans ce joli jardin de Talroc'h et se promettaient une belle journée pour le lendemain. Demain ou dans quelques jours, ils se retrouveraient à nouveau pour un dernier hommage à leur amie.

Déjà, à la limite des bandes fluorescentes, ils avaient déposé un bouquet de fleurs sauvages.

Quand tout le monde eut quitté la propriété, Yves

le Goff ferma les volets de la maison, verrouilla la porte d'entrée et s'en fut à son tour. Un dernier regard vers la rivière avant de partir, et déjà, il avait l'impression d'abandonner Manon.

IX

> « *On devient tout ou rien selon l'éducation que l'on reçoit.* »
> Clément XIV (249e pape, 1769-1774)

Pluméliau, en soirée.

Sur le chemin qui les ramenait à Lorient, Gaby et Romain commentaient leur début d'enquête et faisaient le point sur ce qu'ils savaient de la victime de la rivière : Manon Elliot, 29 ans, célibataire, demeurant 2 rue Saint Nicodème à Pluméliau, fille de Jean Elliot et de Mélanie Doujet habitant la même commune. Ils avaient fait contacter l'ambassade de France en Italie pour faire avertir les parents du décès de leur fille au plus vite. Ils les récupéreraient à l'aéroport mardi ou mercredi. Avant de retourner à Lorient, ils firent un petit crochet par Pluméliau. Au numéro 14 de la rue des Fontaines, un chien attendait que l'on vienne s'occuper de lui. Pas le temps de courir après un serrurier, ce dimanche soir, ils espéraient que leur bonne étoile les aiderait à trouver une voisine ayant un double de clef du domicile des époux Elliot. Madame Bravin, chez qui ils s'adressèrent, était la plus proche voisine du couple. Une charmante septuagénaire en robe de chambre et charentaises, la tête décorée de bigoudis multicolores, vint leur ouvrir. L'heure tardive expliquait sa tenue puisqu'elle s'apprêtait à rejoindre les bras de Morphée. Pour ne pas affoler la grand-mère, ils inventèrent une histoire.

— Bonsoir madame Bravin, nous nous excusons de vous déranger si tard, fit Gaby qui avait relevé le nom de la dame sur la boîte aux lettres.

Nous sommes de la gendarmerie de Lorient dit-il en montrant sa carte tricolore et nous sommes mandatés par Manon, la fille de vos voisins…

— Y'a eu un malheur ? paniqua la vieille dame.

— Non non, essaya de la rassurer Romain, nous venons pour le chien.

— Le chien ?

— Oui, reprit Gaby, mademoiselle Elliot a eu un petit accident de voiture et elle est en observation à l'hôpital, mais elle est tellement tracassée de ne pas pouvoir s'occuper de Joe que les médecins nous ont demandé de venir pour qu'elle soit rassurée et qu'ils puissent la soigner plus sereinement.

— Sacrée petite, elle en fait des allers-retours pour s'occuper de Joe ! Il en a de la chance tout de même qu'elle s'inquiète autant de lui !

— Est-ce que vous pourriez vous occuper du chien ou nous ouvrir pour que nous le fassions ?

— Un instant, je vais chercher la clef. Comme cela, vous allez m'accompagner et vous pourrez donner des nouvelles du chien à la petite…

Pendant que madame Bravin était partie chercher la clef, Romain fit un clin d'œil complice à Gaby, leur bonne étoile leur souriait.

Quelques minutes plus tard, ils laissaient la vieille dame aller se coucher, satisfaits du devoir accompli. La SPA pouvait être rassurée : Joe était entre de bonnes mains, madame Bravin s'en occuperait.

Il se faisait trop tard pour continuer l'enquête, Gaby et Romain décidèrent donc qu'il était l'heure de fermer boutique, ils reprendraient à la première heure demain.

X

Lundi 10 juillet, 9 heures - Lorient.

Dans les bureaux de la brigade, Gaby et Romain retrouvèrent Max au labo photo. Il développait les clichés des généalogistes.

— Salut les gars, fit Max.

— Déjà à l'ouvrage ! railla Romain.

— Ouais, je voulais être sûr d'avoir le labo ce matin pour développer les photos, lui répondit Max. De vrais Japonais, ils ont mitraillé dur, les anciens ! Afin que nous nous y retrouvions au niveau de la chronologie des clichés, j'indique la date et l'heure de la prise de vue sur chacune d'entre elles.

— Bonne idée, on te laisse bosser les photos. Nous, nous allons faire un tour à Auray chez l'employeur de la victime.

— Vous avez eu des nouvelles de Dédé ? s'enquit Max.

— Pas encore, l'autopsie est prévue cet après-midi. Pourquoi ? Tu veux y assister ? lui demanda Gaby.

— Pas vraiment, et encore moins après déjeuner.

— Tu sais, à une queue de vache près, peu importe le moment de la journée, c'est toujours après ou avant un repas.

— Effectivement, si on le voit comme cela, je crois que je ne vous accompagnerai jamais chez Dédé…

— Enfin, si tu as des vues sur la nouvelle assistante de Dédé, va falloir être moins délicat ! plaisanta Romain.

— Je ne l'ai même pas vue, alors comment je pourrais avoir des vues sur elle ? J'ai juste entendu l'équipe qui est sur le meurtre du mariage en parler ; apparemment, ça vaut le coup d'œil…

— Ouais, ben, tu n'as pas tout entendu alors, fit Gabriel, Dédé m'en a touché deux mots. Fanny, comme elle s'appelle, est certes super canon mais également très explosive. Ne t'avise pas de vouloir lui embrasser la fesse vu son prénom car tu risquerais de perdre un œil. Elle n'est pas du genre à se laisser marcher sur les pieds et, question repartie, Dédé a trouvé un adversaire à sa hauteur. Je trouvais qu'il n'y allait pas avec le dos de la cuillère dans certains de ses rapports d'autopsie mais quand il m'en a fait lire un rédigé par Fanny, j'ai été scotché. Stephen King est un Mickey à côté d'elle. Je plains le procureur quand il aura droit à la prose de la demoiselle, si Dédé n'arrive pas à lui faire comprendre d'être un peu moins gore ! C'est pour cela que l'on te dit qu'il faudra être moins délicat, si tu veux t'y intéresser…

— OK, le message est passé, je vais faire attention à moi alors…

— Je crois que c'est foutu, Gaby, fit Romain. Au lieu de lui foutre la trouille, tu as attisé sa curiosité.

— Nous l'aurons prévenu !

XI

« Le grand symbole de l'architecture,
Babel, est une ruche. »
Victor Hugo - Extrait de *Notre-Dame de Paris*.

Auray - 10 heures.

Gaby et Romain stationnaient leur véhicule devant le cabinet d'architecture où travaillait Manon. « Plein Azur » comme se nommait le cabinet, s'était doté d'une vitrine de choix en réhabilitant et en s'installant dans un vieux complexe de bâtiments industriels de la ville.

Longeant la voie ferrée, le bâtiment principal de brique rouge qu'il occupait, s'était vu habillé d'une structure de verre et de métal lui donnant une allure extrêmement moderne tout en gardant le style du site. Accueillant une communauté d'artistes sur une partie de l'ancienne friche industrielle, le lieu, organisé en petits ateliers, était toujours en ébullition. Ici, une bétonneuse malaxait la matière première d'un plasticien en pleine expérimentation. Là, un virtuose du trompe-l'œil ajoutait une porte cochère à son atelier. Et plus loin, on distinguait le "tic-tic" de l'arroseur automatique de la serre du paysagiste. Plein Azur avait sous la main les artisans de ses projets architecturaux les plus audacieux.

Gaby et Romain ne s'attendaient pas à un tel décor : une petite ville dans la ville. Après avoir passé la grille d'entrée du site, baptisé "La Ruche", ils avaient suivi les panonceaux indiquant le cabinet d'architecture et la trentaine d'autres enseignes qui occupaient l'ensemble des ateliers.

Au premier abord, le bâtiment, dans sa gangue de verre, parut froid aux yeux des enquêteurs, mais dès qu'ils eurent pénétré dans le hall d'accueil, ils furent agréablement surpris par son ambiance, douce et feutrée. Baigné par la lumière naturelle qui filtrait du toit de verre de l'édifice et agencé tel un jardin avec bassin et plantes vertes, le hall donnait un avant-goût de ce que l'on avait réussi à faire ici, avec quatre vieux murs et quelques idées.

Une hôtesse les accueillit avec un grand sourire qui se figea légèrement à l'annonce de leur fonction. Rapidement, elle pianota sur le clavier de son téléphone le numéro de son supérieur.

Monsieur Stéphane de Pontmorel, l'un des deux associés du cabinet allait les recevoir immédiatement. Gaby et Romain, invités à patienter, s'assirent sur les banquettes design qui, sans nul doute, sortaient de l'imagination de l'un des artistes de cette pépinière de talents. La salle d'attente du cabinet d'architecture faisait en quelque sorte office de showroom pour les artistes du complexe.

Ils n'eurent pas le temps d'apprécier longuement le confort des sièges mis à leur disposition, car très rapidement, un grand bonhomme aux cheveux filasse, retenus par un ruban de velours noir vint à leur rencontre.

Monsieur de Pontmorel était un personnage que l'on aurait facilement qualifié d'excentrique par son apparence. Toujours vêtu de noir, ce qui lui donnait un style gothique, on aurait cru une énorme araignée quand il se déplaçait, tellement ses membres étaient longs et osseux. Dans tous ses mouvements, il paraissait être encombré par son immense carcasse. Déjà, dans la tête de Gaby, un surnom clignotait pour cet homme : « La mygale. » À côté de ce géant, les gendarmes auraient semblé être deux insectes en danger si le bureau où l'architecte les avait entraînés avait été une toile, mais pas de problème de ce côté-là, les recoins sombres où ces demoiselles aiment à se loger étaient inexistants. Par souci de clarté, les bureaux des collaborateurs de l'agence étaient séparés par des cloisons de verre. Chacun profitait donc de la lumière naturelle du toit sans l'ombre portée de cloisons. Toutefois, un système de câbles en acier et de toiles tendues permettait de moduler la luminosité des différents espaces si besoin était.

— Que me vaut l'honneur de votre visite ? demanda courtoisement l'architecte, tout en faisant asseoir ses visiteurs.

— Nous venons au sujet d'une de vos collaboratrices. Manon Elliot travaille bien chez vous, monsieur de Pontmorel ? se fit confirmer Romain.

— Effectivement, elle est entrée au cabinet voici quelques années. Vous vouliez peut-être la rencontrer ? Elle fait un excellent travail avec les artistes de la Ruche. Par contre, aujourd'hui, elle est en déplacement. Elle effectue des relevés pour le projet de médiathèque de la commune de Sarzeau sur lequel elle travaille.

— Malheureusement, Monsieur, nous sommes au regret de vous annoncer que mademoiselle Elliot ne finira pas ce projet, elle est décédée ce week-end.

Monsieur de Pontmorel devint plus blanc encore qu'il ne l'était. Au même instant, la mélodie du téléphone se fit entendre, il prit fébrilement le combiné et répondit à son interlocuteur. C'était le contact de Manon à la mairie de Sarzeau qui, excédé, lui demandait s'il devait attendre encore longtemps sa collaboratrice. D'une voix blanche, l'architecte s'excusa au nom de Manon auprès de l'élu municipal et il lui précisa qu'il venait d'apprendre à l'instant que sa collaboratrice avait un important empêchement qui ne lui permettait pas de se rendre au rendez-vous prévu mais que s'il voulait bien le reporter, il irait lui-même faire les relevés.

Le sang-froid de cet habitué de la communication disparut dès qu'il eut raccroché l'appareil. Plus un son ne sortait de sa bouche, il se leva et se tourna vers un bureau vide contigu au sien, se prit le visage entre les mains, quelques secondes, et revint s'asseoir face aux gendarmes.

— Elle était dans le carambolage de la quatre-voies ?

La presse, ce lundi matin, se faisait l'écho d'un dramatique accident de la route dû à une brume de chaleur.

Un carambolage monstre s'était produit le dimanche matin, sur l'axe Nantes-Lorient, occasionnant le décès de plusieurs automobilistes et de nombreux blessés.

— Non, lui répondit Romain, son corps a été trouvé sans vie dans la Sarre, sur la commune de Melrand.

— Melrand ? Ah oui, se remémora-t-il, c'est là qu'elle allait pour une cousinade, il me semble, mais de quoi est-elle morte ?

— Nous attendons les résultats de l'autopsie pour en être sûrs mais tout porte à croire qu'elle a été assassinée.

— Assassinée ! Mais par qui ? Pourquoi ?

— C'est ce que nous cherchons à savoir, Monsieur.

— Je ne peux pas y croire ! fit l'architecte. Un accident de voiture, je veux bien, mais assassinée… pas elle !

— Pouvez-vous nous parler un peu de votre employée, demanda Gaby. Nous dire si elle avait des tensions avec des collègues, enfin tout ce qui pourrait nous aider…

— Oui, je vais essayer. Ce que vous m'apprenez me bouleverse.

— Quel était son caractère ? relança Gaby.

— Manon était une passionnée ; sans effort, elle arrivait à vous faire croire en ses projets. Elle était spontanée, créative. Travailler avec elle, c'était s'embarquer dans des aventures fabuleuses. C'était pour cela qu'avec les artistes de la Ruche, elle passait si bien. Tout en ayant un imaginaire fécond et parfois très délirant, elle restait sérieuse, carrée dans ce qu'elle faisait. Son approche du métier nous avait conduits, moi et mon associé, Jean-Baptiste Lindeberg, à envisager de lui proposer de revoir son statut dans la société et de devenir notre associée. Elle nous était trop précieuse pour la laisser partir à la concurrence… Nous devions voir cela à la rentrée de septembre. Comment va réagir Jean-Bapt quand je vais lui annoncer la mort de Manon…

— Est-ce que cette promotion, si je peux m'exprimer ainsi, aurait pu susciter des jalousies en interne ? fit Romain en ignorant totalement la question de l'architecte.

— Non, pas à ma connaissance. Quand Jean-Bapt a eu son accident cardiaque l'année dernière, chacun a pu apprécier l'investissement de Manon. Pendant l'absence de celui-ci, nous nous sommes partagé les dossiers et elle a assuré le travail sans faillir. C'est donc sans appréhension que, depuis, il a pu reprendre son activité de façon réduite puisqu'elle continue à le seconder. Dans ces conditions, personne ne pouvait trouver à y redire, cette promotion, comme vous dites, était légitime.

— Quels liens avait-elle avec votre associé, monsieur Lin…

— Lindeberg.

— Oui, avec monsieur Lindeberg, reprit Romain, Manon entretenait quel type de rapports ?

— Si vous sous-entendez des rapports intimes, vous vous égarez complètement. Autant vous le dire tout de suite, Jean-Baptiste et moi sommes pacsés depuis deux ans et Manon était l'un des deux témoins de Jean-Bapt. J'espère ne pas vous choquer en vous apprenant que nous sommes gays…

— Non, vous êtes libre de vos choix et nous ne sommes pas là pour vous juger, fit Gaby qui prenait des notes de l'entretien.

— Manon, reprit monsieur de Pontmorel, en plus de ses qualités professionnelles, avait cette ouverture d'esprit qui nous permettait d'envisager de la prendre comme associée sans craindre que notre homosexualité soit un obstacle à notre bonne entente.

— Si je vous entends bien, mademoiselle Elliot entretenait de bons rapports avec votre ami et associé ? continua Romain.

— Oui, elle était plus complice avec lui qu'avec moi, mais cela ne me gênait pas. J'avais toute confiance en Manon, je l'ai vue remettre un indélicat à sa place, du temps où elle vivait en couple. Un mec qui lui faisait du gringue ouvertement. Subtilement, elle lui avait sorti qu'il était en avance sur la saison, que la chasse n'était pas ouverte et qu'elle n'avait plus son permis depuis quelques années. Le play-boy était resté coi. Personnellement, si j'avais été libre, je lui aurais dit oui… Manon, avec son physique, avait l'embarras du choix, mais un truc sur lequel elle ne transigeait pas, c'était bien la fidélité.

— À votre avis, la passion amoureuse ne peut pas être le mobile du crime ?

— Absolument impossible, elle n'aurait jamais cassé un couple, comme on dit. À moins qu'elle ne soit la victime d'une rivale qu'elle ne soupçonnait pas. Elle ne suscitait pas non plus de jalousie au sein de l'entreprise. Je ne vois pas Fernand, notre second dessinateur, en vouloir à Manon. Il n'est plus très loin de la retraite et n'est pas très à l'aise dans le contact avec le public, donc, au contraire, Manon lui était utile. Quant à ses relations avec les autres, Gilbert, notre métreur, Alice, à l'accueil et Deborah, à la compta, l'ambiance était plutôt à la franche camaraderie. Je ne vois pas ici, qui aurait pu vouloir la disparition de Manon.

— Monsieur Lindeberg saurait-il quelque chose sur Manon que vous ignorez ? suggéra Gaby.

— J'en doute, mais je lui poserai la question quand je vais lui annoncer la triste nouvelle. Il est sur le chantier d'une résidence, dans le quartier de Saint-Goustan. Je vais attendre qu'il revienne au bureau, avec son cœur, vous savez…

— Oui, nous comprenons, fit Romain tout en en lui tendant un bristol. Monsieur de Pontmorel, merci pour votre accueil et vos informations sur mademoiselle Elliot. Voici nos coordonnées, au cas où quelque chose vous reviendrait à l'esprit…

— J'aimerais vous aider plus, je n'ose pas imaginer l'agence sans Manon, elle va nous manquer. Et Jean-Bapt…

*

*   *

Sur la quatre-voies les ramenant à Lorient, les deux gendarmes étaient silencieux. Leur entretien avec l'employeur de la victime n'avait pas donné grand-chose, si ce n'était qu'il fallait écarter la piste d'une vengeance du milieu professionnel. Côté passager, Romain regardait défiler les arbres, y cherchant peut-être l'inspiration pour orienter leur enquête quand Gaby lui dit :

— T'as vu La mygale ?

— Hein ? Une araignée, où ça ? commença à paniquer Romain qui était arachnophobe.

— Pas là, l'architecte.

— T'es con alors, comme si tu ne savais pas que j'ai la phobie de ces bestioles, tu veux ma mort ?

— Oh que non ! Nous avons suffisamment de cadavres comme cela, mais peut-être que de te faire autopsier par la petite Fanny…

— Je ne suis pas pressé et j'opterai plutôt pour une bonne vieille mort tout à fait naturelle, dans pas mal d'années, et qui ne nécessiterait pas de me découper en morceaux.

— Estelle aime bien les puzzles, non ?

— Oui, mais je ne suis pas sûr qu'elle apprécierait de retrouver dans une jolie boîte son gendarme adoré en pièces détachées, démonté de surcroît par une trop jolie légiste.

— Et si c'était un légiste ?

— Pareil, Estelle me préfère entier. Tu sais, Gaby, un peu comme les chats, entier…

— OK, j'arrête !

Dernièrement, une question délicate s'était posée

au couple Caro. Bretzel, un chat de gouttière nouvellement installé dans leur foyer et manifestement arrivé à la puberté, marquait un peu trop, olfactivement parlant, son territoire. Sophie, la compagne de Gaby, ne supportant plus l'odeur agressive du jeune matou avait posé ses conditions, soit on le faisait castrer, soit il ne rentrerait plus dans la maison. Pour la paix de son ménage, Gaby s'était résolu à faire opérer le chat.

À la brigade, les railleries étaient allées bon train, il castrait son chat mais lui, il se permettait de faire deux petits à sa femme, la même année. Était-ce vraiment le chat qu'il fallait réduire, parce qu'à ce rythme, il pourrait investir rapidement dans des maillots de foot et constituer une équipe ?

— Bon, reprit Romain, qu'est-ce que tu voulais dire avec ta tisseuse de toile ?

— Pas grand-chose, juste que monsieur de Pontmorel me faisait penser à une araignée géante et que j'imaginais son épouse en petite mouche bourdonnante.

— C'est vrai qu'il est immense, par contre, pour l'épouse, tu repasseras…

— Ça, c'était avant qu'il nous apprenne son homosexualité. Je peux toujours imaginer son compagnon en un insecte enveloppé d'un cocon de soie…

— Torride comme expérience !

— On déconne là, mais sérieusement j'aimerais bien rencontrer ce fameux Jean-Bapt. Il a peut-être des trucs à nous apprendre sur Manon et il n'est peut-être pas si homo que cela…

— Tu penses que…

— Ben pourquoi pas, elle était cocotte, son assistante, et libre…

— Prends la prochaine sortie, on y retourne !

*

*   *

Au port de Saint-Goustan, Gaby et Romain trouvèrent rapidement le chantier sur lequel se trouvait Jean-Baptiste Lindeberg. Les fondations d'un bâtiment de standing émergeaient de terre. Les heureux propriétaires des futurs appartements, les pieds dans l'eau, bénéficieraient d'une vue extraordinaire sur le port. Pas venus pour admirer le paysage et non équipés de casque, Gaby et Romain firent appeler monsieur Lindeberg. L'architecte, en jean et polo griffés, sortit du chantier, le casque à la main. Sans dire bonjour aux deux gendarmes, les yeux pleins d'angoisse, il commença :

— C'est Stef, il lui est arrivé quelque chose ?

— Rassurez-vous, monsieur Lindeberg, votre ami va bien, lui fit Romain.

— Pourquoi vous êtes là alors ?

— Vous avez un endroit où l'on pourrait vous parler tranquillement ?

— Oui, suivez-moi dans la cabane de chantier…

Jean-Baptiste Lindeberg fit sortir de la cabane les ouvriers qui s'y trouvaient et proposa aux gendarmes de s'asseoir sur les chaises de camping disposées autour d'une table de plastique blanc, auréolée de taches de café.

S'assurant que l'architecte était bien assis, Gaby se lança :

— Monsieur Lindeberg, nous venons de rencontrer votre ami, monsieur de Pontmorel, et il nous a dit que vous étiez assez proche de mademoiselle Elliot…

— En effet je m'entends bien avec Manon, nous n'avons pas besoin de parler pour nous comprendre. Mais je ne vois vraiment pas pourquoi vous venez me voir sur ce chantier…

— Nous venons vous annoncer son décès.

— …

— Monsieur Lindeberg, vous allez bien ? interrogea Romain.

— Euh… oui, non… vous me dites que Manon est morte ?

— Oui, mademoiselle Elliot est décédée ce week-end, confirma Gaby.

— Mais où, comment cela… commençait à s'agiter l'architecte.

— Quelles étaient vos relations avec mademoiselle Elliot ? l'interrompit Gaby.

— Vous voulez bien me dire ce qui lui est arrivé… explosa Jean-Baptiste.

— C'est ce que nous cherchons à savoir. Son corps a été retrouvé dans la Sarre, sur la commune de Melrand, fit Romain.

— Noyée ? demanda plus posément l'architecte.

— Il semblerait que non, lui répondit Romain, nous en saurons davantage avec l'autopsie.

— Elle va être autopsiée ? se lamenta Jean-Baptiste.

— Oui, c'est la procédure.

Gaby réitéra sa question :

— Quels rapports entreteniez-vous avec mademoiselle Elliot ?

— Vous m'apprenez que ma sœur est décédée et vous ne me laissez pas le temps de le réaliser ! Si vous voulez savoir si je couchais avec, eh bien, c'est non.

— Votre sœur ? faillit s'étrangler Gaby.

— C'est une façon de vous dire la nature de mes liens avec Manon. Nous nous connaissons depuis la maternelle.

— Pouvez-vous être plus précis ?

— Oui, arrivé en sixième, j'ai déménagé mais, avec Manon, nous avons continué à nous écrire pour la bonne année, les anniversaires. Ensuite, j'ai beaucoup voyagé, ce qui fait que, pendant de nombreuses années, je ne l'ai pas revue, mais ses cartes m'attendaient chez mes parents, et inversement. Puis, nous nous sommes croisés à une réunion d'anciens élèves. C'était magique, nous avons discuté comme si nous nous étions quittés la veille, comme quand nous étions mômes et que nous parlions des maisons de nos rêves. J'étais déjà en couple avec Stéphane et nous venions d'ouvrir l'agence.

— Vous l'avez recrutée tout de suite ?

— Non, il a fallu que je harcèle Manon. Elle avait peur de gâcher notre amitié avec des relations de travail. Elle avait un poste dans un cabinet vannetais où elle ne trouvait pas sa place mais y persévérait. Cela n'empêchait pas que nous nous voyions régulièrement, à l'époque. Et puis, un jour, elle a téléphoné en me demandant ce que nous comptions faire des bâtiments vacants de la friche. Si nous voulions toujours d'elle, elle était d'accord, à une condition…

— La Ruche, c'était son idée ? fit Gaby.

— Oui, une idée géniale, où tout le monde a rapidement trouvé son compte.

— Quelqu'un aurait pu lui en vouloir de ce succès ?

— Manon était fière de son bébé mais n'en disait rien. Elle préférait l'ombre des coulisses à la lumière des podiums. Ce n'était pas une starlette,

Manon. Lors d'un voyage en Allemagne, elle avait rencontré des artistes dans une ancienne usine métallurgique. Regroupés en association, ils avaient pu s'y installer à moindres frais. Ici, elle a toujours côtoyé des peintres, des sculpteurs et connaissait les difficultés qu'ils rencontraient pour louer des ateliers suffisamment grands pour leurs travaux. C'est ce qu'elle nous a proposé : louer nos bâtiments vacants à un groupement d'artistes et les intégrer à certains de nos projets en architecture. Ainsi, nos locaux vides sont utilisés et entretenus, ce qui d'un point de vue esthétique est beaucoup plus agréable qu'une friche industrielle, et de plus, nous avons des artistes de talent sous la main pour nos projets, ce qui stimule aussi notre créativité. Quant aux artistes, ils ont un lieu pour travailler et une vitrine d'exposition par l'intermédiaire de l'agence. Tout le monde est gagnant. Je ne vois vraiment pas qui aurait pu en vouloir à Manon de ce côté-là.

— Et du côté de sa vie privée ? demanda Romain.

— Si vous pensez que c'est son ex qui l'a tuée, vous vous trompez. Ils se sont séparés il y a quelques mois et depuis, Simon s'est installé en Irlande où la société pour laquelle il travaille ouvre une nouvelle usine. C'est en partie pour cette raison qu'ils se sont séparés.

— Manon ne souhaitait pas vivre en Irlande ?

— Si, mais pas pour rester à la maison attendre son cher et tendre. Ici, elle s'épanouissait vraiment. Si encore ils avaient eu des enfants, elle se serait consacrée à eux, mais ce n'était pas le cas. Abandonner l'univers qu'elle s'était construit ici pour le suivre là-bas, tout en sachant qu'elle le verrait encore moins, elle ne s'en sentait pas la force. Des sacrifices, elle en avait fait sa part.

— Monsieur Lindeberg, nous vous remercions de tous ces renseignements, nous allons vous laisser, fit Romain.

— Les parents de Manon sont prévenus ? s'enquit l'architecte.

— Nous les récupérons à l'aéroport, demain en fin de matinée, répondit Gaby.

— Je peux venir avec vous ?

— Si vous voulez, fit Romain après avoir échangé un regard d'assentiment avec Gaby. Ils auront besoin de réconfort, vous ne serez pas de trop…

Rendez-vous était pris. Jean-Baptiste Lindeberg rejoindrait les enquêteurs à l'aéroport de Lorient Lann-Bihoué, le lendemain en fin de matinée.

*

*   *

De retour sur la quatre-voies, Gaby et Romain commentaient leur entrevue avec le second architecte.

— Chou blanc, dit Romain.

— Pourquoi tu dis « chou blanc », on a avancé un peu, non ?

— Chou blanc pour la mouche bourdonnante.

— Tu m'excuseras, mais il m'a paru tellement retourné du décès de sa collaboratrice que j'en ai oublié toutes mes considérations taxidermistes. Effectivement, ce Jean-Bapt n'a rien d'un insecte, il me fait plutôt penser à D'Artagnan avec sa barbiche.

— C'est vrai que si tu lui détaches les cheveux, il est bon pour le rôle. Mais je suis désolé, la gendarmerie n'a pas de troupe de théâtre et, de toute façon, le recrutement se fait en interne.

— En parlant d'interne, nous avons l'autopsie faite par Dédé dans une heure. Nous cassons la graine avant d'y aller ou pas ?

— Un truc léger alors, j'aimerais aussi passer voir Max pour voir où il en est avec ses photos…

— OK, ça marche.

XII

Lorient, 13 heures 15.

À la brigade, Max s'impatientait. Il connaissait Dupond et Dupont et savait très bien qu'ils allaient passer le voir. Dommage qu'il n'était pas officiellement gendarme et qu'il devait rester dans l'ombre. Être sur le terrain, comme Gaby et Romain, lui irait bien. Enquêter. Pour le moment, passer le concours ne le tentait pas, alors il rongeait son frein en faisant les cent pas dans leur bureau.

Gaby et Romain étaient très attendus à Lorient. En effet, un fax de la brigade de Baud était tombé. La voiture de la victime venait d'être retrouvée immergée dans le plan d'eau de Melrand et l'équipe scientifique partait déjà sur les lieux pour les relevés.

Ils avaient à peine franchi la porte d'entrée que le planton apostrophait les deux enquêteurs. L'enquête semblait s'accélérer tout d'un coup. Prenant note des informations que leur communiquait le planton, ils se dirigèrent vers leur bureau. Ils n'avaient pas besoin d'assister tous les deux à l'autopsie de la victime, décision fut donc prise que ce serait Gaby qui s'en chargerait. Romain irait à Melrand suivre les relevés des TIC.

Dans le bureau des enquêteurs, un Max survolté les accueillit.

— Ah, vous voilà !

— Du calme, Max, tu as vu un fantôme ou quoi ? blagua Gaby qui commençait à avoir faim.

— Pas loin, je vous ai pris des trucs à la boulangerie…

— Bon, vas-y, explique, mais pas en longueur, faut que je file à Melrand, fit Romain qui piochait dans le sac de viennoiseries posé sur le bureau.

— “Meurchi”, dit Gaby qui avait déjà la bouche pleine, en montrant le sachet.

— C'est le vieux, j'en suis sûr !

— Et qu'est-ce qui te permet d'affirmer cela ? s'enquit Romain.

— La victime est sur pas mal de photos et, plus j'observais les clichés, plus son visage me disait quelque chose.

— Ne me dis pas que tu l'as draguée dans l'une de tes soirées… lança Gaby.

— Tu es relou, Gaby, je ne suis pas au point d'avoir un tableau de chasse au-dessus de mon lit. Cette minette-là, je ne l'avais jamais vue avant-hier. Chez le vieux, vous n'avez pas remarqué les photos encadrées, on la voit presque sur toutes. Je ne peux pas croire qu'il n'y ai jamais rien eu entre eux. Si ce n'est pas le cas, je me mords un œil. Samedi, ils se seront fâchés et il aura pété un câble tout simplement…

— Et les autres généalogistes n'auraient rien vu de leur relation ? nota Romain.

— Ils ne vivent pas ici et connaissent à peine la victime, répliqua Max.

— Elle me paraît tirée par les cheveux, ton histoire, mais bon, rien ne coûte de vérifier ton hypothèse. Au fait, ça te dit de venir avec moi chez Dédé ? demanda Gaby.

— Je ne peux pas, je dois fouiller dans l'ordinateur du marié assassiné ; apparemment, il était pas aussi blanc que la robe que portait sa femme.

— Et c'est toi qui nous dis ça ? Allez, je file, une voiture m'attend ! conclut Romain en saluant ses collègues.

*

* *

Dans les locaux de l'institut médico-légal, le corps de Manon Elliot reposait sur la table d'autopsie. André Rodier et Fanny, son assistante, préparaient leur matériel en attendant l'arrivée de Gaby.

— Ah, Vicks, te voilà, qu'est-ce que tu as fait de ta doublure ?

— Cela se bouscule un peu, Romain est parti à Melrand, car la voiture de la victime a été retrouvée dans le plan d'eau.

— OK, je vois, sinon vous avancez un peu dans votre enquête ?

— J'espère que tu pourras nous éclairer un peu, nous n'avons pas vraiment de piste pour le moment. Mais Max nous a fait une suggestion que nous irons vérifier le plus tôt possible…

— Et quelle est son hypothèse ?

— Que monsieur Le Goff serait son amant et que leur histoire aurait mal tourné…

— C'est une hypothèse à ne pas négliger. Tu m'as bien dit que c'était lui qui avait fermé les paupières de la victime, cela pourrait s'expliquer.

— Oui, comme s'il avait réalisé l'horreur de son geste ou qu'il ne supportait pas le regard accusateur de sa victime, intervint Fanny.

— Effectivement, cela se peut, mais j'ai un peu de mal à l'imaginer en meurtrier ou alors il est excellent comédien.

— Eh bien, nous allons voir ce que nous dit Manon…

— Si elle pouvait parler et nous dire qui l'a tuée !

— Mais elle va parler !

— C'est vrai, Dédé, j'oubliais que tu papotes avec tes clients et qu'ils te confient leurs plus petits secrets.

— Je confirme que, pour la parlote, vous n'êtes pas le dernier et que, comme le dentiste, vous faites les questions et les réponses, ajouta Fanny. Faut dire qu'entre vos mains, on ne peut plus parler…

— Ni gémir, précisa Dédé.

— Dédé, tu ne m'avais pas dit ça, fit Gaby un brin moqueur.

— Vous êtes vraiment des obsédés ! fulmina Fanny.

— Ben quoi, chez le dentiste, tu peux encore faire des bruits de gorge. Ici, si tes clients se plaignent que tu leur fais mal, tu as un sérieux problème. Je te croyais moins susceptible que ça, ma chérie, dit Dédé qui s'amusait à énerver un peu plus son assistante.

— OK mon poussin, et si on s'occupait du morceau de viande froide qui est sur le billot ? persifla-t-elle.

— Je ne te permets pas de parler ainsi des corps qui nous sont confiés. Va prendre l'air, je te verrai plus tard, ordonna André Rodier.

Retournement de situation, André aimait bien les jeux de mots et la plaisanterie, mais cette fois, Fanny allait trop loin. Étant son supérieur hiérarchique, il ne pouvait tolérer un tel manque de professionnalisme de la part de son assistante. Avec son joli minois et son bagou, elle avait des arguments pour faire chavirer la gent masculine de son côté, mais chez Dédé, cela ne marchait pas. Il comptait bien rester le maître chez lui. La porte de la salle d'autopsie claqua.

Prenant une grande inspiration et se tournant vers Gaby, André reprit :

— Elle fait un boulot d'enfer, mais elle a un caractère de chien, et ce n'est pas son joli petit cul qui me fera changer d'avis.

— Et pourtant, toute la brigade en parle.

— Je m'en doute bien, j'ai remarqué que d'assister aux autopsies était devenu à la mode chez les gendarmes…

— Ça fait partie du boulot.

— Certes, mais pas au point de prendre un abonnement. Bon, j'appelle François pour qu'il remplace Fanny et nous y allons, j'ai encore du monde derrière qui attend…

François arrivé, l'autopsie débuta. Comme à son habitude, le légiste soliloqua avec sa patiente, il lui parlait en s'excusant de ce qu'il allait lui faire. Bien qu'il fût passionné par son métier et rompu aux cadavres en tous genres, du corps intact au plus putride, il n'en oubliait pas qu'avant d'être sur la table, ces corps avaient été des personnes bien vivantes. Entailler dans une plastique aussi parfaite que celle de Manon ne l'encourageait guère. Ce qui l'avait d'ailleurs mis en colère, c'était que Fanny traite de morceau de viande ce corps aux formes harmonieuses et à la peau délicate. Malgré les radiographies déjà effectuées et les photographies du corps de Manon, il allait devoir ouvrir.

Les viscères parlèrent peu, la victime était sobre, avait peu mangé et n'était pas sous l'emprise de quelque drogue que ce fût. Les radiographies apprirent plus de choses à l'enquêteur. Dans sa chute, la victime s'était brisé les côtes et l'une d'elles était venue perforer le pancréas. Au bout de quelques heures, même si Manon avait été encore vivante à l'issue de sa chute, elle serait décédée de l'empoisonnement de son sang par les sécrétions pancréatiques. Les cervicales étaient rompues au niveau de l'hypophyse. Au nombre des impacts constatés sur la boîte crânienne et du cuir chevelu légèrement décollé, il s'avérait que le meurtrier s'était acharné à cogner la tête de Manon sur la pierre. Le premier coup devait avoir suffi pour lui enlever la vie, mais dans son aveuglement, le tueur avait continué jusqu'à la frapper avec un objet contondant détruisant le côté gauche de l'os frontal. Cette blessure avait entraîné l'épanchement de sang important dans lequel baignait la victime. Quelques prélèvements effectués dans la blessure étaient partis pour analyses. Du côté de ses parties intimes, aucune violence sexuelle n'était à déplorer.

Cette dernière constatation soulageait Gaby puisqu'il n'était pas à la poursuite d'un violeur en liberté qui pourrait semer d'autres victimes au gré de ses rencontres. Toutefois, cela compliquait l'enquête, pas de relevé ADN à comparer avec la base de données nationale.

La piste du rôdeur était à éliminer, celles du dépit amoureux et de la vengeance étaient en concurrence, à moins que ce ne soit un règlement de compte. La vie de la victime semblait être tellement cloisonnée qu'il fallait encore chercher, ne négliger aucun aspect de son univers, la réponse s'y trouvait, Gaby en était certain. Il espérait également que la balade de Romain à Melrand serait instructive. La voiture de la victime étant retrouvée, elle apporterait peut-être des réponses qui feraient avancer l'enquête… D'autre part, une visite à son domicile serait à envisager dès l'arrivée de ses parents.

Hier soir, Gaby et Romain, en allant à Pluméliau au domicile des époux Elliot, étaient juste passés vérifier que la maison de Manon était bien fermée et qu'il n'y avait rien de suspect autour. Ils ne pouvaient pas se permettre d'entrer comme cela chez quelqu'un sans témoin, même chez un mort. Pour le chien, il y avait urgence, avec la chaleur de ce week-end, il était en danger de déshydratation. Ils lui devaient assistance et ils avaient eu madame Bravin pour témoin.

*

* *

Tandis que se déroulait l'autopsie, Max, dans le hall de l'institut médico-légal, cherchait le couloir qui le mènerait à Gaby et Dédé. D'avoir récemment entr'aperçu une jolie femme, lui donnait le courage de franchir la porte de l'institut. Ayant terminé plus tôt qu'il ne l'avait prévu l'analyse de l'ordinateur du jeune marié, il s'était laissé tenter par la proposition de Gaby d'assister à une autopsie.

Du moins, c'était l'excuse qu'il comptait avancer sur sa présence dans les locaux du légiste. Il ne se bousculait pas pour trouver la bonne salle, espérant bien arriver trop tard pour éviter son baptême du feu.

Sa bonne étoile lui sourit car il bouscula une plantureuse jeune femme qui l'insulta vertement.

Reconnaissant en cette créature la nouvelle assistante du légiste et faisant fi des noms d'oiseaux dont elle venait de l'affubler, il lui demanda innocemment où il pouvait trouver André Rodier.

— Tout au fond du couloir, à droite. Mais je vous préviens, il n'est pas de bonne humeur, fit-elle tout étonnée qu'on lui pose une question après son flot de jolis mots.

— Ah, il y a un souci avec l'autopsie de la généalogiste ?

— Vous me paraissez bien au courant, qui êtes-vous ?

— Maxime Le Breton, consultant informatique à la brigade.

— C'est vous, P'tit Beurre ? commenta-t-elle, un peu adoucie.

— Je vois que Dédé a fait ma pub, je suppose que vous êtes Fanny ?

— Vous supposez bien, la nouvelle future ex-assistante du docteur Rodier.

— Future ex ?

— Cela vous dit de prendre un café ? coupa-t-elle.

— Pourquoi pas ? répondit Max tout en la suivant vers le coin détente du hall où une machine à café et deux tables hautes étaient à la disposition des visiteurs. Puis il enchaîna :

— Vous ne deviez pas autopsier la fille retrouvée dans la rivière ?

— Si, mais Dédé m'a mise dehors, il n'a pas apprécié que je traite sa cliente de « morceau » de viande.

— Il a beaucoup d'humour, mais là, vous y êtes allée un peu fort, surtout que la minette est vachement bien foutue et que Dédé sait apprécier la beauté.

— Dites aussi que je suis moche !

— J'ai pas dit cela, que vous êtes susceptible !

— OK, je m’excuse.

— Je vous pardonne si vous acceptez de dîner avec moi…

— Je n’ai pas le choix.

— Si, celui du resto…

XIII

À quarante-cinq kilomètres de Lorient, le petit bourg de Melrand était en ébullition. Deux jours de suite que les hommes en blanc de l'identification criminelle arpentaient le sol, loin d'être lunaire, de la commune. Après avoir investi le village de Talroc'h la veille, les abords du plan d'eau étaient leur nouveau terrain de jeu. Quelques plongeurs s'étaient joints au groupe et, petite nouveauté dans le spectacle : la présence d'un camion-grue et d'un plateau.

Monsieur Loïc Baron, cantonnier de la commune, avait dans sa tournée habituelle du lundi matin, fait le tour du plan d'eau à l'aide de son petit tracteur-benne. Les week-ends de la saison estivale étaient souvent riches en déchets et dégradations, et les lundis matin en découvertes et réparations en tous genres.

C'est ainsi que toutes ses semaines débutaient par la récolte des poubelles des aires de pique-nique, le ramassage des papiers gras disséminés un peu partout sur le site et le contrôle des berges.

Un ponton permettait aux baigneurs d'accéder à

une zone délimitée par des bouées, qui leur était réservée. Le reste des berges était le domaine des pêcheurs et des pédalos.

Amoureux de la nature et de sa beauté, Loïc Baron prenait plaisir à faire ce petit tour chaque lundi. Le reflet inhabituel du soleil sur ce côté du plan d'eau interpella le cantonnier. Intrigué, il descendit de son véhicule et s'approcha de la berge où, en se penchant, il distingua une masse blanche au fond de l'eau. Baleine, cachalot ? Melrand n'était pas Marseille et les traces de roues sur la berge laissaient supposer qu'il était plus en présence d'un véhicule que d'un cétacé. Immédiatement, il se saisit de son téléphone portable et contacta la gendarmerie. Le véhicule qu'ils cherchaient hier était peut-être celui-là…

Quand Romain arriva sur le site, le véhicule avait déjà été extrait de l'eau et reposait sur le plateau. Les techniciens de l'identité criminelle, après avoir relevé toutes sortes d'éléments au sol, sur un périmètre assez large autour de l'endroit où le véhicule avait été découvert, photographiaient la Clio blanche sous tous les angles.

Aux premières constatations, la carrosserie semblait ne pas avoir souffert d'un quelconque accrochage et, à travers les vitres, on pouvait voir que des effets personnels de Manon s'y trouvaient encore. Avaient-ils énormément souffert de leur période passée sous l'eau ? C'est ce que les TIC allaient découvrir bientôt, dans leurs locaux de la brigade de Lorient.

*

* *

Pour décompresser de leur éprouvante journée, Gaby et Romain décidèrent de s'offrir une petite récréation. Jeux vidéo au programme, bien évidemment. Estelle et Léa, les femmes de Romain étaient absentes de son domicile, elles passaient la semaine chez Belle-maman. Il accepta donc avec un plaisir certain l'invitation à dîner de Gaby. Savourer l'un des plats de Sophie Caro l'enchantait plus que de percer l'opercule de la barquette micro-ondable d'une préparation industrielle. Max, au grand étonnement des deux complices, déclina l'invitation. Sophie allait être déçue, elle appréciait celui que l'on surnommait P'tit Beurre, le surnom que lui avait donné Dédé. Il avait baptisé ainsi l'informaticien en raison de ses origines nantaises et de sa couleur de peau légèrement ambrée.

Entre l'épouse de Gaby et Max, il n'y avait rien d'équivoque, juste une passion commune pour la cuisine. Max que l'on aurait plutôt imaginé en adepte des fast-foods et de la malbouffe, était en réalité, un fin gourmet. Il maniait aussi bien les casseroles que le clavier et la souris. Il arrivait toujours chez les Caro avec, pour Sophie, une astuce de cuisine ou une nouvelle recette et, pour Gaby, la solution pour passer au niveau supérieur d'un jeu vidéo. Il partageait en effet leurs passions, mais ne s'était toujours pas mis au vélo, au grand dam de Gaby…

XIV

Mardi 11 juillet, 9 heures.

Un Max aux yeux pétillants arriva dans le bureau de Gaby et Romain.

Une petite mise au point sur l'avancée de l'enquête était nécessaire avant de commencer la journée.

— Tu as loupé hier soir, lui lança Romain, magret de canard sur lit d'oignons, une tuerie !

— Pas sûr, fit Max plein de malice.

— Tu ferais des infidélités à ma Sophie ? hasarda Gaby qui avait remarqué le visage satisfait de l'arrivant.

— Cuisses de caille sur lit de P'tit beurre… répondit Max.

— OK, j'ai pigé… On peut connaître le nom du volatile qui a goûté ton biscuit ? glissa Gaby.

— Plus tard peut-être, l'oiseau n'est pas encore en cage… ponctua Max avec une pointe de mystère dans la voix.

— Et si on passait à l'affaire qui nous préoccupe ? suggéra Romain, en prenant ses notes. Est-ce que l'on sait si son ex, Simon… Travel, est toujours en Irlande ou s'il est revenu dans l'Hexagone ?

— J'ai contacté les douanes hier, après l'autopsie, ils m'ont assuré qu'il n'a pas reparu sur le territoire depuis plus de six mois.

— Et l'autopsie ? interrogea Max.

— Orageux, mais ce n'est pas le sujet qui nous concerne. La victime a été poussée et le meurtrier s'est acharné dessus. Par contre, pas de violences sexuelles, mais il lui en voulait vraiment pour la massacrer de la sorte ! Que raconte la voiture ? demanda Gaby.

— Pas de choc apparent, par contre, Max, j'espère que tu as un bon sèche-cheveux. Les TIC s'occupent ce matin de l'intérieur du véhicule et des affaires personnelles de la victime. Tu vas les rejoindre, il y a un portable et un mobile à faire parler. Ils ont pris la tasse, alors tu fais au mieux. Intéresse-toi particulièrement à sa messagerie. J'aimerais bien connaître les rapports qu'elle entretenait avec ses contacts et qui ils sont…

Max acquiesça et sortit ; une masse importante de travail l'attendait…

*

*   *

Gaby et Romain se penchèrent à nouveau sur les photos de la réunion généalogique. Max avait fait du bon travail. Les différents protagonistes étaient identifiés et l'on pouvait suivre la progression de Manon au sein du groupe. Passant de l'un à l'autre, rien dans l'expression de son visage ne trahissait une quelconque contrariété. Au contraire, elle paraissait détendue, heureuse d'être avec ces gens. Les photos où elle se trouvait avec Yves Le Goff ne prêtaient à aucune interprétation, d'autres clichés où elle se trouvait en compagnie d'autres généalogistes montraient qu'elle partageait avec eux la même complicité qu'avec Yves. Gaby et Romain doutaient de l'hypothèse de Max. Ils iraient quand même vérifier…

Le temps de régler quelques dossiers annexes et il était déjà l'heure d'aller accueillir les époux Elliot à l'aéroport.

*

* *

Comme convenu, Jean-Baptiste Lindeberg attendait les deux gendarmes dans le hall de l'aéroport. Anxieux, il ne savait pas quoi faire de ses mains. Les traits tirés, ses yeux s'illuminèrent à la vue des enquêteurs.

Quelques minutes plus tard, le A320 en provenance

de Venise via Orly atterrissait sur le tarmac de l'aéroport de Lorient-Lann-Bihoué.

À l'abri des regards, dans un des bureaux de la douane, Gaby et Romain, accompagnés de l'architecte, accueillirent Jean et Mélanie Elliot.

Madame Elliot s'effondra dans les bras de Jean-Baptiste pendant que monsieur Elliot tentait, tant bien que mal, de contenir ses larmes.

En retrait, les deux enquêteurs restèrent un moment silencieux, laissant le couple et l'architecte à leur émotion.

La douleur des parents était immense, mais malgré leur accablement, Gaby et Romain allaient devoir les interroger sur leur fille.

La présence de Jean-Baptiste Lindeberg réconfortait un peu monsieur et madame Elliot, elle faciliterait les échanges entre les enquêteurs et le couple.

D'une voix hésitante, les yeux encore pleins de larmes, Mélanie Elliot se tourna vers Gaby et Romain et leur demanda :

— Ma fille, quand est-ce que je vais la voir ?

— Bientôt, Madame, lui répondit calmement Gaby. Nous vous conduirons près d'elle à l'Institut médico-légal.

— A l'Institut médico-légal ? interrogea monsieur Elliot.

— Oui, monsieur Elliot, nous avons dû pratiquer une autopsie. Votre fille est décédée dans des circonstances que nous nous attachons à éclaircir et une autopsie était nécessaire. J'ai moi-même assisté à l'examen du corps et je puis vous rassurer sur un point, votre fille n'a pas subi de violences sexuelles.

— Je craignais cela, vous me soulagez un peu, soupira Mélanie.

— Est-ce que je peux vous proposer une boisson avant que l'on ne vous pose quelques questions sur Manon ? demanda Romain.

Quelques instants après, quand ils furent tous assis, un gobelet à la main, Gaby commença :

— Savez-vous si Manon avait des ennuis ?

— Non, fit monsieur Elliot, Manon était très ouverte avec nous ; à la maison, on parlait librement et si elle avait eu quelque souci que ce soit, elle nous en aurait parlé.

— Au niveau de ses fréquentations, ses amours, que pouvez-vous nous dire ?

— Pour ses fréquentations, on pouvait lui faire confiance, elle ne se serait pas mise en danger. Il y a eu quelques artistes un peu particuliers, mais ce n'était qu'un genre qu'ils se donnaient.

— Et puis, intervint madame Elliot, Manon avait l'habitude de prévenir quelqu'un, nous ou Agnès, sa meilleure amie. Si elle se rendait dans un lieu inhabituel, ça la rassurait que quelqu'un sache où elle était.

— Vous saviez donc qu'elle passerait le week-end à Melrand ?

— Bien sûr, et elle était enchantée d'y retrouver ses collègues de généalogie.

— Entretenait-elle des rapports privilégiés avec certains généalogistes ?

— Avec Adeline, elle faisait des sorties autres que généalogiques, raconta Mélanie, sinon les autres ne vivent pas sur le secteur, alors pour les rencontrer, c'était plus difficile.

— Pas d'amourette de ce côté-là alors ? conclut Gaby.

— Non, répondit monsieur Elliot, et puis la plupart des hommes qu'elle est amenée à rencontrer au niveau de la généalogie, ont mon âge ou plus.

— Sinon, savez-vous si elle avait un petit ami en ce moment ?

— Vaut mieux demander cela à ma femme…

— Madame ? fit Gaby en se tournant vers Mélanie Elliot.

— Elle ne nous a présenté personne en tant que tel depuis sa séparation d'avec Simon.

— Des flirts ?

— Je ne puis vous dire, elle m'a simplement confié, la semaine passée, qu'elle ne savait pas trop où elle en était. Une amitié à la Ruche qu'elle hésitait à faire évoluer…

— Gwalon ? suggéra Jean-Baptiste.

— Oui, c'est lui.

— Qui est-ce ce Gwalon ? demanda Romain.

— Un artiste de la Ruche, répondit l'architecte. Un sculpteur que Manon avait découvert à Saint-Brieuc et qui s'est installé, dans les premiers, sur la friche.

— Il est toujours à la Ruche ? demanda Gaby. L'avez-vous vu hier ou aujourd'hui ?

— Non, je n'ai pas pu le voir, car il rentre aujourd'hui d'une expo, à Paris, au Grand Palais.

— Bien, nous passerons voir ce monsieur en fin de journée. Si vous voulez bien, nous allons vous conduire à l'identification. Monsieur Lindeberg, si vous souhaitez assister monsieur et madame Elliot, mon collègue va conduire votre voiture jusqu'à l'Institut.

Avec une certaine émotion, Romain prit le volant du coupé sport de l'architecte. Ce n'était pas tous les jours qu'il avait le privilège de conduire un tel bolide et ce fut avec la plus grande attention qu'il lui fit faire les quelques kilomètres qui séparaient l'aéroport de l'Institut médico-légal.

André Rodier accueillit les parents de la victime avec la plus grande prévenance. Venir reconnaître le corps de son enfant est déjà éprouvant, alors, quand le visage de celui-ci est abîmé, ça l'est d'autant plus. Afin d'adoucir l'image insoutenable pour les parents du corps violenté de leur fille et de son crâne défoncé, le légiste avait enturbanné la tête de la jeune fille, masquant ainsi au mieux sa blessure.

Prévenu de l'arrivée imminente des parents, André avait sorti de son tiroir réfrigéré la dépouille de Manon et l'avait transférée dans une chambre funéraire attenante, qu'il gardait toujours libre pour ce genre de situation. Dans son univers, où la mort était omniprésente, André essayait tant bien que mal de faire attention aux vivants, de les ménager. Il estimait qu'éviter la vue des tiroirs réfrigérés de la morgue, c'était le moins qu'il puisse faire. Son assistante au tempérament sulfureux avait reconnu durant sa soirée coquine avec Max que le légiste en chef avait un côté humain indéniable et qu'elle devrait prendre exemple sur lui.

Recouvert d'un drap blanc, le corps de Manon Elliot reposait dans la chambre funéraire où ses parents furent conduits.

Ils découvrirent un visage encadré de bandes de gaze. Sous ce turban de fortune, baignée de la lumière douce du plafonnier, elle avait les traits apaisés. D'un moment à l'autre, on s'attendait à ce qu'elle se réveille et sourie.

Mélanie et Jean Elliot identifièrent le corps comme étant celui de leur fille. Elle aurait eu trente ans dans quelques semaines…

XV

Dans les locaux des TIC, on se serait cru le jour de la grande lessive. Tenus par des pinces à linge, des mètres linéaires de documents étaient suspendus à des fils tendus d'un bout à l'autre de la pièce. Max avait récupéré le mobile et le portable et s'affairait avec Firmin Le Cozic, un TIC spécialisé dans l'électronique, à lire les données contenues dans les mémoires et les puces des deux appareils.

Le nez dans les circuits du téléphone portable, Firmin, concentré sur son travail, n'entendit pas Max qui revenait de la machine à café avec deux gobelets fumants. Il sursauta quand Max plaisanta :

— Eh bien, si les tiques font parler les puces, où va-t-on ?

— Je ne te le fais pas dire, et tes morpions, ils vont bien ? rajouta Firmin rigolant tout ce qu'il savait.

— Cela dépend desquels tu parles. Dupont et Dupond ne devraient pas tarder à venir aux nouvelles. Tu en es où, avec ce téléphone ?

— Je vais bientôt avoir fini de recouper les noms, les numéros et la fréquence des appels entrants et sortants. Et toi, le portable ?

— Pour ce qui est de la mémoire du disque, je n'ai rien trouvé de folichon. Cela concerne principalement la généalogie, l'architecture et l'art en général. Elle n'aura pas été zigouillée pour des histoires de comptes truqués, je n'ai rien trouvé de ce genre dans la bécane.

— Elle a peut-être un PC fixe chez elle…

— S'il y en a un, Gaby et Romain ne manqueront pas de nous l'apporter. Ils doivent aller chez elle, avec les parents. Sinon, en ce qui concerne sa messagerie, elle utilisait celle d'un moteur de recherche.

— Tu as pensé qu'elle pouvait avoir plusieurs adresses e-mail ?

— Oui et j'en ai dénombré trois. Celle qui est indiquée sur sa carte de visite, plus deux autres. Pour la première, qui est professionnelle, je n'ai rien remarqué de bizarre, juste quelques mails amusants reçus de collègues ou de connaissances de travail. La seconde, réservée à la généalogie, est du même acabit ; les derniers échanges parlent tous ou presque de la réunion du week-end passé. Tous ses contacts étaient enchantés de se retrouver à Melrand. Toutefois, parmi eux, j'en trouve un qui ne semble pas être en honneur de sainteté auprès de la demoiselle. Il faudrait vérifier si ce monsieur, semble-t-il habitant New York, est venu ou pas à leur petite réunion. D'outre-Atlantique certes, mais *why not ?* Sinon, il reste l'adresse que je dirais perso, qui, elle, est plus riche d'enseignements. Les contacts sont divers, mais j'en retiens deux plus particulièrement. Une certaine Agnès qui, apparemment, était sa confidente et un certain Gwalon.

— Et que se racontent-ils ?

— Un peu de tout, je vais imprimer l'ensemble de sa correspondance avec ces deux personnes et surligner les passages intéressants. Ensuite, j'établirai une chronologie des événements qui y sont relatés. Sa correspondance avec Agnès relève un peu du journal intime, nous devrions donc en savoir un peu plus…

*

*   *

La visite du domicile de Manon, n'apprit pas grand-chose de plus à Gaby et Romain. La jeune femme avait entrepris l'aménagement de la demeure de sa défunte grand-tante. Avec bon goût, elle avait décoré sa chambre et le séjour-salon qui faisait également office de bureau. La cuisine et la salle de bains étaient en projet sur la table à dessin qui trônait près d'une des fenêtres de cette grande pièce multifonctions. Bien orientée, elle accueillait derrière les voilages une superbe collection d'orchidées, soit en pot sur des tablettes, soit en suspension sur les écorces. Une douce atmosphère se dégageait de cette pièce toute en harmonie. Sans pour autant donner l'impression d'être tout droit sorti d'un catalogue de décoration, chaque objet semblait avoir été choisi et trouvait sa place naturellement dans l'espace. Ici, on sentait qu'il y avait de la vie, du moins qu'il y en avait eu. Après avoir fermé les volets et la porte, Gaby et Romain quittèrent la maison de Manon et raccompagnèrent monsieur et madame Elliot à leur domicile, puis ils prirent la route de Lorient. Direction les locaux des TIC pour un petit bilan sur l'avancée de l'exploration de l'intérieur de la voiture, tout en mangeant un morceau.

*

* *

Dans une petite salle de réunion, Max, Firmin et trois autres gendarmes de l'identité criminelle, qui s'étaient occupés de l'examen de l'intérieur de la voiture, rejoignirent Gaby et Romain.

— Alors, Max ? Ça donne quoi la messagerie de la victime ? attaqua Romain.

— Trois adresses e-mail, les deux premières n'ont pas grand intérêt, excepté le nom d'un généalogiste qu'il serait bon de regarder de plus près. Par contre, la dernière adresse, c'est un vrai roman. Deux contacts en particulier sont à retenir. J'ai imprimé leurs correspondances, celle avec une certaine

Agnès qui apparaît être la confidente de la victime…

— Agnès est sa meilleure amie, souligna Gaby.

— …et l'autre, un certain Gwalon. Je n'ai pas tout à fait cerné leur relation. Ce qui est sûr c'est que la victime en parle à Agnès et qu'elle en pincerait bien pour lui.

— Tu as pigé l'essentiel, Gwalon, d'après la mère de Manon, aurait pu devenir son gendre, le renseigna Gaby.

— Tu veux dire que Manon aurait rompu avant même d'avoir commencé ?

— Ou l'inverse…

— Attends, ce n'est pas parce qu'une fille se cramponne à tes basques que tu la butes ! Et puis, d'après ce que j'ai lu de sa correspondance avec Agnès, Manon voulait attendre la fin d'une expo à Paris pour mettre les choses à plat avec ce Gwalon.

— Et que disait Agnès ? demanda Romain.

— Qu'elle devrait arrêter de se poser des questions et vivre tout simplement. Que si l'amour frappait à la porte, elle ne devait pas le laisser dehors, surtout avec un mec comme Gwalon.

— Il est si sensationnel que cela, ce Gwalon ? J'ai hâte de le rencontrer ce foutu potier ! lança Gaby.

— Sculpteur, rectifia Romain.

— Pour moi, c'est pareil.

— C'est sûr, un potier peut faire une cruche et un sculpteur en sculpter une, le sujet n'est pas obligatoirement le même… ironisa Max.

— Max, un peu de sérieux, s'il te plaît, c'est quoi le nom du généalogiste qui te pose problème ? coupa Romain qui voyait ses collègues partir dans un délire de jeux de mots.

— Henry Ollivier, dit “HO”, et selon ce que j'ai pu comprendre dans leurs e-mails, ce monsieur serait un pilleur de données.

— Tu peux être plus explicite parce que je veux bien qu'au rayon antiquités, il soit pilleur de tombes, mais de données franchement… cela se revend ? s'enquit Gaby.

— Toi aussi, Gaby, arrête de déconner, tu n'es plus à la maternelle ! lança Romain d'un ton ferme.

— Si tu veux, expliqua Max, HO réutilise les données collectées par les autres généalogistes pour son propre compte.

— Où est le problème ? demanda Gaby. Au dire de ceux que nous avons rencontrés chez monsieur Le Goff, ils se retrouvaient ce week-end justement pour cela, échanger leurs données respectives.

— À un détail près, Gaby, qu'entre eux, il n'y a pas de question d'argent ni de religion.

— De religion ?

— Oui, en lisant la correspondance de Manon, j'ai appris que notre HO est un adepte des Mormons.

— Ah, tu veux parler des cinglés qui refusent le progrès, qui ont plusieurs femmes et se reproduisent comme des lapins ?

— Là, je crois que tu confonds avec les Amish, fit remarquer Romain. Ne prends pas ton cas pour une généralité.

— Mais je ne suis pas bigame ! s'offusqua Gaby.

— Certes, mais pour les lapins… souligna Romain. Bref, restons sérieux !

— Donc, poursuivit Max, les Mormons se sont donné comme objectif de recenser la totalité des humains ayant vécu depuis Adam et Ève.

— C'est un travail de titan et quasiment impossible, vu que les registres d'état civil n'existaient pas à leur époque ! reprit plus sérieusement Gaby.

— Effectivement, fit Romain, mais d'où tu sais tout cela ? demanda-t-il à Max.

— Ça, je l'ai appris lors de mes explorations non autorisées dans des fichiers, avant que je ne vous rencontre. Les Mormons ont inventé la norme GEDCOM qui permet d'exporter ou d'importer des fichiers séquentiels, enregistrés en format texte et que la plupart des logiciels de généalogie intègrent dans leurs fonctions.

— Comme quoi, ton ancien passe-temps n'était pas que du temps perdu…

— Je ne voudrais pas vous interrompre, dit Serge, l'un des gendarmes présents, mais je reviens sur le nom de Gwalon, ça me dit quelque chose… D'ailleurs, ça m'a surpris que la victime ait deux exemplaires d'un même fascicule et que l'un soit bien rangé dans ses affaires tandis que l'autre se trouvait en vrac sur le siège passager.

— Et c'est quoi ce fascicule ? demanda Romain.

— C'est un livret en papier glacé d'une expo-concours à Lorient, au printemps dernier.

— Et c'est quoi le rapport ?

— Gwalon a été primé pour une sculpture.

— D'accord, mais tu peux avancer dans ton raisonnement parce que je ne vois pas où est le problème d'avoir plusieurs exemplaires d'un truc si l'on apprécie le sujet… s'énerva Romain.

— Eh bien… fit Serge en sortant les livrets ; voyez pour chaque artiste de l'expo, il y a une page du livret qui lui est consacrée, avec une photo de l'œuvre qu'il présente au concours. Sur celui qui se trouvait dans les affaires de la victime, toutes les pages sont dédicacées et, sur celle de ce sculpteur, est rédigé un texte assez évocateur. Par contre, sur le livret qui était sur le siège, il n'y a qu'une seule dédicace et précisément celle de Gwalon, mais elle n'est pas adressée à Manon mais à un certain Demonge.

— Elle l'a peut-être récupéré… émit Gaby. Tu sais, c'est fréquent que les gens posent leurs affaires et les oublient, Manon sera passée par là et l'aura pris. J'en aurais fait autant…

— Elle aurait pu le rendre à la personne…

— Et elle serait allée la chercher où, à ton avis ?

— …

— Montre voir la dédicace de Gwalon ! demanda Romain.

Après avoir feuilleté le livret, Romain vociféra des noms d'oiseaux à l'encontre de Serge.

— Quel con, t'aurais pas pu commencer par ça ? C'est elle !

— Qui elle ?

— Manon, notre victime, elle a été le modèle de Gwalon ! Regardez ! La sculpture sur la photo, c'est Manon, affirma-t-il en montrant la page à ses collègues. Allez, ouste, on file à Auray ! lança-t-il à Gaby.

Emportant les deux livrets, Gaby et Romain quittèrent la pièce au pas de course et s'engouffrèrent dans leur véhicule de fonction. Une demi-heure plus tard, ils entraient dans l'enceinte de la Ruche où ils trouvaient rapidement l'atelier du sculpteur.

XVI

Auray - La Ruche.

Sous le soleil chaud de ce milieu d'après-midi, un homme de taille moyenne, chemise blanche ouverte et bermuda kaki, s'activait à décharger un camion. Bien qu'il fût robuste, l'exercice semblait être délicat pour un seul homme. Emmaillotées, tels des nouveaux-nés, les charges qu'il transportait paraissaient lourdes et néanmoins fragiles. À n'en pas douter, les œuvres de Gwalon retrouvaient ici leur lieu de naissance. L'homme ressortant de l'atelier, Gaby l'interpella :

— Gwalon ?

— Oui, c'est moi.

— Officiers Gabriel Caro et Romain Fouller de la brigade de recherche de Lorient. Nous souhaiterions vous entretenir… Le ton de Gaby interdisant tout refus, Gwalon acquiesça d'un mouvement de tête et les invita à le suivre.

Après avoir franchi la double porte de style rétro dans l'encadrement de laquelle l'artiste était apparu quelques instants avant, Gaby et Romain se retrouvèrent dans une sorte d'antichambre tout droit sortie d'une brocante. Cette pièce plutôt sombre, recevait sa lumière à travers des carreaux de verre surmontant le muret qui la séparait de l'atelier. Carrelé de blanc, l'espace de travail du sculpteur était dans quelques endroits maculé d'argile. Dans la clarté naturelle du puits de lumière, une œuvre en cours attendait sur son socle que l'on vienne s'occuper d'elle.

De longues heures, Gwalon, dans la blancheur des carreaux de céramique, échauffait, mouillait, torturait, griffait la terre qui, entre ses mains, se pliait à sa volonté. Un corps-à-corps sensuel avec la matière dont la beauté ne serait révélée que par la magie de la cuisson. Intense émotion à l'ouverture du four, car, parfois, c'était aussi la cruelle déception de voir des semaines de travail anéanties. La matière s'était révoltée et la prometteuse sculpture n'était plus qu'un amas de matière.

Désignant une méridienne recouverte d'un drap blanc aux deux gendarmes, Gwalon s'installa face à eux dans un fauteuil Voltaire hors d'âge, gémissant à chacun de ses mouvements.

Gaby, montrant le livret au sculpteur, lui demanda tout de go :

— Vous reconnaissez ceci ?

— Bien sûr, fit Gwalon, c'est le livret de la rétrospective du concours auquel j'ai participé au printemps dernier à Lorient. Il était proposé au public pour dix euros.

— Vous pouvez nous parler de la statue pour laquelle vous avez été justement primé, lors de ce concours ?

— Que voulez-vous que je vous dise ? Vous avez sa photo dans le livret. C'est une femme assise, en partie nue avec une grenouille sur l'épaule et une fleur de nénuphar dans les mains.

— Et votre modèle ? demanda Romain

— La femme ou la grenouille ? interrogea l'artiste.

— Nous ne sommes pas là pour plaisanter, Monsieur, nous venons au sujet d'un meurtre, assena Gaby que l'ironie du sculpteur exaspérait.

— Je ne vois vraiment pas en quoi cette statue peut être liée à un meurtre… Je viens de me taper six heures de route sous le cagnard, avec cette statue dans le camion, car depuis trois semaines, elle et moi étions au Grand Palais, à Paris.

Puis se levant, il reprit :

— D'ailleurs, si vous voulez la voir, vous tombez bien, je n'ai pas fini de décharger et j'ai besoin de bras… Dans moins de deux heures, je dois avoir fini ce chantier et m'être fait beau pour aller dîner en ville. Alors, si vous permettez, vos histoires de meurtre…

— Depuis que vous êtes arrivé, vous n'avez vu personne à la Ruche ? insista Gaby.

— Non, et je me demande bien où ils sont tous passés !

— Vous n'êtes donc pas au courant…

— Au courant de quoi, à la fin ? coupa Gwalon excédé.

— Vous voulez bien vous rasseoir… demanda Romain.

— Si cela peut enfin vous faire dire pourquoi vous êtes là à me questionner…

Cherchant comment aborder le sujet, Gaby et Romain se torturaient l'esprit. L'homme qui était devant eux était, d'après sa dédicace, très épris de la victime et pouvait, au vu de leur entretien, s'emporter facilement. Était-il capable d'avoir tué Manon ?

Préférant y aller en douceur, Romain se lança :

— Quels sont vos rapports avec mademoiselle Elliot du cabinet d'architecture ?

— Eh bien, je vous en dirai plus tout à l'heure, car c'est avec elle que j'ai rendez-vous pour dîner et pour elle que je vais essayer de me faire beau. Mais pourquoi cette question ? Il lui est arrivé quelque chose ?

— Monsieur Gwalon, fit Romain, nous avons une triste nouvelle à vous annoncer, mademoiselle Elliot est décédée.

— …

— Monsieur, vous ne vous sentez pas bien ?

— Vous dites que ma Grenouille est morte ? ânonna le sculpteur en enlevant le bandeau qui retenait ses cheveux et se prenant le visage dans les mains. Puis relevant la tête, les yeux pleins de larmes, il prit instinctivement sa barbiche tressée entre deux doigts.

L'homme que Gaby et Romain avaient face à eux n'était plus le même. L'arrogance avait fait place au désarroi, Gwalon était brisé. Difficilement, il s'adressa aux enquêteurs :

— Que… comment est-elle… ?

Sentant la détresse du sculpteur, Gaby qui s'en voulait presque d'avoir eu de mauvaises pensées à l'égard de cet homme qu'il avait trop vite jugé, éluda la question par une autre :

— Vous vous souvenez de la dédicace que vous lui aviez faite ?

— Oui, « *À mon modèle qui me vaut tant de gloire et qui, dans l'ombre, œuvre pour que les artistes soient dans la lumière. Sans toi, je ne suis rien. Aujourd'hui, tu es la lumière de mon existence, l'essence de ma créativité. Tu as dompté le fauve que je suis, mais saurai-je t'apprivoiser ? Amoureusement.* », récita-t-il.

Tout en sortant un paquet de sa sacoche, Gaby continua :

— Je ne sais pas si cela vous consolera ou pas, mais vous l'aviez apprivoisée, votre Grenouille. Voici ce que l'on a retrouvé chez elle… C'était pour vous, sa mère a souhaité qu'on vous le transmette.

Libéré de son papier de soie, le paquet contenait

une sanguine de la main de Manon qui représentait le sculpteur en plein travail. Réalisée de mémoire pendant le séjour parisien de Gwalon, l'œuvre de Manon, extrêmement fidèle à la réalité, portait au dos, la réponse à la dédicace du livret : « *Au fauve qui patiemment a su m'apprivoiser. Ton absence m'apprend que je n'ai plus peur de me brûler, loin de toi, je suis un tournesol sans soleil. Il me tarde de retrouver la chaleur de ton regard. À tout à l'heure, Manon.* »

À la lecture de ces quelques lignes, Bertrand Cabello, alias Gwalon, s'effondra pour de bon. Cherchant quelque chose pour essuyer ses larmes, il partit dans son atelier où, machinalement, il prit un pain de glaise qu'il posa sur son tour et commença à le travailler. Gaby et Romain, respectant son silence, le rejoignirent et se placèrent dans un coin de l'atelier. Décidément, se disaient-ils intérieurement, mademoiselle Elliot avait des fréquentations pour le moins originales, très éloignées les unes des autres, et surtout d'elle-même !

Ce Bertrand Cabello, au physique atypique et de prime abord rustre, paraissait difficilement pouvoir être le gendre de monsieur et madame Elliot. Et pourtant, derrière cette façade, se cachait un homme débordant d'amour pour leur fille.

Troublant le silence dans lequel avait sombré l'atelier, le téléphone mobile de Romain se fit entendre. S'en excusant il sortit de la pièce et répondit à l'appel.

— Romain Fouller, brigade de recherche de Lorient, à qui ai-je l'honneur ?

— Laurent Le Gall de la brigade de Fouesnant, je venais aux nouvelles sur l'enquête concernant le décès de mademoiselle Elliot.

— Oui, je vois qui vous êtes. Mais vous vous doutez bien que je ne vous répondrai pas par téléphone.

— Bien entendu, je vous appelle surtout au sujet d'une série de photos argentiques que je viens de faire développer et qui ont un rapport avec votre affaire.

— Ah, vous m'intéressez, Laurent, vous avez découvert quelque chose ?

— Oui, j'ai trouvé un point brillant sur plusieurs clichés et en effectuant un agrandissement, on distingue quelqu'un sur l'autre berge avec un téléobjectif.

— Un paparazzi ?

— Cela me paraît dingue comme hypothèse, dans le groupe, je ne connais personne qui serait célèbre à ce point, mais je ne sais pas non plus tout sur tout le monde…

— Justement, connaissez-vous un dénommé HO ?

— Oui bien sûr, c'est Henry, notre cousin d'Amérique. Un sacré gaillard qui passe son temps entre deux valises. Il travaille pour une société internationale de micro-informatique, il s'occupe de l'achat des composants, si j'ai bien compris… Ce qui fait qu'il passe souvent par la France pour négocier des contrats.

— Et vous l'avez déjà rencontré ?

— Depuis le temps que nous le surnommions l'Arlésien du fait que nos réunions tombaient toujours aux périodes où il ne se trouvait pas dans l'Hexagone, il a réussi cette année à nous démontrer le contraire.

— Il était à Melrand, ce week-end ?

— Oui, un rapide aller-retour pour nous saluer. Il n'est pas resté longtemps car il devait repartir en raison de ses obligations professionnelles. Nous avons apprécié qu'il fasse le déplacement car, bien souvent, il n'y a que les Parisiens du groupe qui le rencontrent.

— Merci de l'éclaircissement.

— Vous ne le soupçonnez pas d'avoir assassiné Manon quand même ? Ils se sont à peine vus.

— Justement, selon nos informations, elle et lui ne s'appréciaient pas vraiment. Il fait donc partie de nos suspects. Pour l'écarter de la liste, nous allons vérifier son emploi du temps…

— De ce que je sais, Henry devait être pour vingt heures le samedi à Roissy et il avait rejoint le groupe parisien en fin de matinée dans une crêperie à

Saint-Nicolas-des-Eaux. C'est leur habitude, le samedi midi, avant de venir à Melrand ; ils vont, pour ceux qui sont disponibles, déjeuner dans cette crêperie.

— Parfait, Laurent, cela me donne une petite idée du parcours de votre collègue, sinon, est-ce qu'il y a autre chose qui vous a interpellé dans vos clichés ?

— Oui, c'était l'objet de mon appel. J'ai poussé mes recherches quant à ce qui se trouvait sur l'autre berge. Je me suis dit que c'était peut-être tout simplement l'un d'entre nous. En essayant de reconnaître la personne, j'ai aperçu un véhicule que je ne connaissais pas. J'ai réussi à lire la plaque et j'ai interrogé le fichier des cartes grises. Notre photographe pourrait être un certain Tanguy Demonge, habitant rue de la Justice à Plouay.

— Demonge, dis-tu ?

— Oui, Demonge.

— Merci Laurent, je crois que tu viens de me lever un lièvre. Je te tiens au courant.

Emporté par la révélation de Laurent Le Gall, Romain était passé du vouvoiement au tutoiement sans ambages et coupa la communication brutalement. De retour dans l'atelier où le mutisme de l'artiste commençait à lui peser, Romain lui demanda de leur parler de Manon. Toujours pétrissant la terre, Gwalon, d'une voix froide, leur donna le fruit de sa longue réflexion :

— Vous êtes venu à moi en me parlant de meurtre et vous m'annoncez que celle que j'aime est morte. Dois-je comprendre que Manon a été assassinée ?

— Oui, malheureusement, fit Romain. Votre amie a été retrouvée dimanche matin dans la Sarre, à Melrand, avec une blessure ouverte à la tête. L'autopsie exclut la thèse de la chute accidentelle.

— Vous me soupçonnez donc de l'avoir tuée ?

— Vous êtes sur la liste des suspects.

— Je comprends, personne n'était vraiment au courant de ma liaison avec Manon, rien n'était clair non plus entre nous, on devait en parler ce soir. Je suppose que mon côté marginal ne joue pas en ma faveur…

— Certes, votre comportement de tout à l'heure n'est pas votre meilleur allié. Nous cherchons ce qui s'est passé, nous essayons de comprendre la vie de la victime, de votre amie. Vous pouvez nous parler d'elle, que l'on sache pourquoi et qui aurait pu en vouloir à sa vie ?

— Franchement, je ne vois pas. Manon est une fille adorable.

La voix pleine d'émotion, Gwalon se concentra sur son tour et péniblement raconta :

— Manon, je l'ai rencontrée il y a trois ans, à un salon de l'artisanat à Saint-Brieuc. Je sculptais en public et c'est un détail de l'œuvre qui l'a attirée. Une minuscule grenouille qu'il fallait vraiment chercher pour la voir. Un peu dans le style de celle que les touristes cherchent sur la façade de l'université de Salamanque, si vous connaissez. De là, on est venus à discuter architecture et de ce voyage scolaire en Espagne qui lui en avait donné le goût. Dans les salons, les expositions, vous êtes amené à rencontrer des tas de gens et je ne sais pas pourquoi, cette môme m'est restée en mémoire. Durant les quelques minutes que j'avais passées à discuter avec elle, on avait partagé quelque chose d'indescriptible. L'année suivante, je me suis arrangé pour retourner exposer à ce salon, avec le secret espoir qu'elle y passerait. Une idée complètement folle car je ne savais rien de cette fille ni même si elle était de la région.

— Et vous l'avez revue ? se permit un Gaby captivé.

— Oui, le cinquième et dernier jour du salon ; je n'y croyais plus. Elle avait eu le coup de foudre artistique et était venue à tout hasard. Elle était curieuse de savoir vers quoi j'avais évolué.

— Et ?

— Et c'est tout ; avec Manon, c'était la troisième dimension. Elle avait ses principes. Fidèle à son homme, à ses amis, à ses engagements, elle ne me serait jamais tombée dans les bras. Et puis j'avais ma vie, elle avait la sienne.

— Comment vous êtes-vous retrouvés à la ruche ?

— Un peu plus de six mois après le salon, Manon me contacte et me parle de son projet de regroupement d'artistes. J'ai été séduit par le concept, j'ai tout plaqué et l'ai suivie dans cette formidable aventure. La ruche c'est chez moi maintenant.

— Avec le cabinet d'architecture, cela se passe comment ?

— Avec Jean-Bapt et Steph, c'est du délire, et c'est super carré en même temps. En pleine réunion avec des investisseurs en costume-cravate, ils te demandent de ramener ton cul en vitesse pour expliquer ton travail, alors que toi tu es en total débraillé à bosser dans ton atelier. Quand ce n'est pas eux qui y débarquent avec leurs pingouins. Parfois, cela donne des situations cocasses. Sullivan, un peintre écossais a l'habitude l'été de travailler en tenue très légère. Il s'est retrouvé en slip et sandalettes de plage à expliquer à un groupe de Japonais la technique qu'il utilisait pour son tableau en cours. Cela n'a pas contrarié les architectes et Sullivan a fait la couverture d'un magazine japonais avec son slip à la couleur indéfinissable et ses sandales rouges.

— OK, et Manon dans tout cela ?

— Très pro, le boulot c'est le boulot. Si l'on est engagé pour un projet, elle nous rappelle à l'ordre si nécessaire et fait en sorte que l'on ait les moyens de bien bosser. Elle est le lien entre nous et le cabinet. Régulièrement, elle passe faire un tour chez l'un ou chez l'autre, prend le temps de boire un café, de discuter avec chacun.

— Et avec vous ? Comment en êtes-vous arrivé à cette sculpture ?

— Avec patience, quand je lui en parlais, elle disait toujours : « Un jour peut-être… » Je comprenais bien la situation qui l'empêchait de dire oui. Simon, son homme, n'aurait jamais accepté qu'elle pose et elle ne l'aurait pas fait sans lui en parler. De plus, son statut au cabinet était particulier. Poser pour moi pouvait porter préjudice au bon fonctionnement de la ruche, sans parler des ragots qu'il y aurait pu avoir.

— Comment l'avez-vous convaincue alors ? demanda Gaby, toujours aussi passionné par le récit de l'artiste.

— L'hiver dernier, nous sommes partis dans les Montagnes Noires pour effectuer des relevés pour le projet de réhabilitation d'un site. Nous devions partir la journée seulement, mais la neige en a décidé autrement. Nous sommes restés coincés deux jours sur place. Simon ne faisait plus partie de sa vie depuis peu, nous avons longuement discuté et c'est là qu'elle m'a demandé si je voulais toujours qu'elle pose pour moi. Évidemment, mon projet était toujours en mémoire, je lui ai fait des croquis de ce que j'envisageais et elle a accepté à la condition que je travaille à partir de photos. Elle ne souhaitait pas passer des heures à l'atelier, pour les raisons que j'évoquais tout à l'heure. Je l'ai prise au mot et le lendemain avant de partir, dans la lumière du matin, elle a posé devant l'objectif de l'appareil photo. On en est restés là jusque mi-mars où elle est venue me proposer de participer au concours à Lorient. J'étais bien embêté pour lui répondre favorablement, car toutes les sculptures que j'avais étaient soit anciennes soit des commandes. C'est là que, tournant dans l'atelier à regarder mon travail, elle m'a demandé ce qu'il y avait sous une toile au fond de l'atelier. J'ai tourné un moment autour du pot et puis je lui ai avoué que c'était une statue d'elle. Quand elle l'a vue, elle a compris ce que j'éprouvais pour elle, des larmes sont venues rouler le long de ses joues. Elle s'est vite reprise et m'a quasiment ordonné de m'inscrire. Ce que j'ai fait. La suite a été que j'ai été primé pour cette œuvre qui m'a ouvert les portes du Grand Palais à Paris.

— Et pendant ces quelques mois, vous entreteniez quel genre de relation avec Manon ?

— Pour commencer, Manon est partie dès le lendemain en voyage pour le travail, puis en vacances. Elle n'est revenue que quinze jours avant le concours. C'est timidement qu'elle est venue me demander si je m'étais inscrit. De là, elle est allée avertir Jean-Bapt et Steph qu'elle avait posé pour moi. Ils lui ont dit qu'elle avait été bête de ne pas l'avoir fait avant. Sinon, elle repoussait mes avances en prétextant que mélanger les sentiments et le travail n'était pas la meilleure formule pour une relation amoureuse. À la suite du concours, elle me disait d'aller d'abord à Paris, que l'on verrait après. Nous ne nous serons embrassés qu'une seule fois, la veille de mon départ. J'avais insisté pour qu'elle me rejoigne là-bas mais, avec ses principes, elle avait refusé catégoriquement. Pour elle, je devais vivre cette expérience au Grand Palais, libre…

Le poing rageur de Gwalon aplatit l'ébauche de sculpture qu'il venait de réaliser.

— Elle m'aurait rejoint, elle serait toujours en vie…

Et se tournant enfin vers Gaby et Romain :

— Faut que vous me trouviez ce salaud !

— Est-ce que Manon vous avait parlé d'un certain Henry Ollivier ou HO ? interrogea Romain.

— Oui, le collectionneur d'osselets. Un minable qui voulait se faire des ronds avec un dictionnaire de généalogie. Foutu mangeur de hot-dogs, toujours à essayer de faire du fric dès que trois pékins s'intéressent à quelque chose…

— Elle vous en parlait souvent ?

— Nous évitions le sujet, cela la mettait de méchante humeur. Manon avait découvert lors de ses recherches généalogiques que ce monsieur avait utilisé ses données sans son accord, pour constituer une base de données qu'il tentait de commercialiser.

— Nous comprenons mieux maintenant pourquoi elle ne l'avait pas à la bonne. Et le nom de Demonge, est-ce que cela vous dit quelque chose ? continua Romain.

— Oui, y'a un taré de ce nom qui est venu tous les jours à l'expo de Lorient me casser les pieds avec un charabia incompréhensible.

— C'est-à-dire ?

— Il tournait autour de la statue en disant que Calie n'avait pas le droit, que je n'avais pas le droit d'avoir Calie, que Calie était à lui et qu'elle l'avait trahi en posant pour moi.

— Vous en avez parlé à Manon ?

— Je lui ai demandé si elle connaissait ce gus et pourquoi il l'appelait Calie.

— Et elle le connaissait ?

— Non, elle a même rigolé en disant que je venais de retrouver le pensionnaire que Charcot avait perdu.

— Donc, ce Demonge, elle ne le connaissait pas ?

— Ben non.

Sortant le livret dédicacé au nom de Demonge et le présentant à Gwalon, Romain lui dit :

— Et vous trouvez logique que l'on trouve ceci dans le véhicule de Manon ?

Quelques instants avant, aplatie par le poing du

sculpteur, la masse de terre d'un revers de main prit la direction du sol, accompagnée d'un râle inhumain.

— C'est quoi ce délire ? Je ne comprends plus rien…

L'artiste criait sa douleur alors que Jean-Baptiste Lindeberg arrivait à l'atelier avec Stéphane de Pontmorel.

Accueillis par les deux gendarmes, les architectes mis au fait de la situation assurèrent qu'ils allaient s'occuper de Gwalon. Jean-Baptiste appelait déjà un médecin.

*

*   *

Rude journée pour les proches de mademoiselle Elliot, mais leur avait-elle tout raconté ? Gaby et Romain commençaient à trouver cette jeune personne bien mystérieuse. Quel secret pouvait-elle cacher pour qu'on la fasse taire à jamais ?

XVII

Reprenant la route de Lorient, Romain fit à Gaby, toujours au volant de la 206, un compte rendu de sa communication avec Laurent Le Gal. Puis, en ayant pris soin de mettre le haut-parleur, il contacta Max :

— Max ? C'est Romain. Tu en es où avec Agnès ?

— Avant de lui faire du charme, il va d'abord falloir que je la localise.

— Pourquoi, ce n'est pas encore fait ?

— Eh non, parce que la chérie, elle est hôtesse de l'air et quelque part entre ici et Sydney.

— Tu as vérifié si elle était loin de nos contrées, ce week-end ?

— Je vois où tu veux en venir, la rivale amoureuse...

— Oui, j'imagine tout, comme d'hab'...

— Pas de chance pour cette demoiselle, elle était de repos et en France.

— Si c'est elle notre coupable, nous allons devoir attendre qu'elle atterrisse.

— Y'en a encore pour quelques heures, Sydney, ce n'est pas la porte à côté.

— En attendant, vu que tu es à l'aise avec les avions, tu vas me retrouver la liste des passagers pour New York ou toute autre destination en partance de Roissy entre samedi dernier vingt heures et dimanche, ainsi que les locations de voiture à partir de cet aéroport ou de la gare TGV en correspondance. Nous voulons établir l'emploi du temps de Henry Ollivier, ton fameux généalogiste présent à la réunion. Autre mission, tu vas contacter Laurent Le Gal de la brigade de Fouesnant et vous nous faites une recherche sur un certain Tanguy Demonge. Je veux tout savoir sur ce gus. Laurent possède déjà des éléments, tu vois avec lui. Nous, nous allons vérifier ta théorie, nous allons voir Yves Le Goff…

*

* *

Au 24 rue de Larmor où habitait Yves Le Goff, le balcon de l'appartement du cinquième étage qu'il occupait, était baigné de la lumière dorée du soleil couchant. Comme à Talroc'h, il devait être agréable d'y passer les soirées d'été, au détail près qu'ici, en dehors du bourdonnement incessant de la ville, le panorama était tout autre. L'immeuble d'après-guerre surplombait les anciennes maisons qui avaient survécu aux bombes et donnait aux locataires les plus haut perchés, comme Yves, une vue sur la mer au loin. Elle ne valait certes pas celle des bords de la côte où, les pieds dans l'eau, l'on petit-déjeune sur la terrasse tout en regardant voguer les bateaux. Non, mais elle avait le mérite d'être un peu plus agréable que le crépi défraîchi du mur du bâtiment d'en face.

Stationnés au pied de l'immeuble, Gaby et Romain dédaignèrent l'ascenseur et gravirent les cinq étages jusqu'à l'appartement d'Yves Le Goff. Des fumets alléchants, au gré des étages, s'échappaient des cuisines. L'heure du repas approchant, les ménagères s'activaient derrière leurs fourneaux et c'est, accompagnés des bruits des cuisines, qu'ils arrivèrent devant la porte d'Yves.

Romain actionna le bouton de la sonnette qui, lorsqu'elle tintinnabula, alerta les occupants du logement. Des bruits de pas et de pattes s'ensuivirent derrière la porte qui s'ouvrit sur Végas, le chien d'Yves, qu'ils connaissaient et une jeune femme. Un instant surpris par l'apparence de cette jeune personne, Gaby réagit et prit la parole :

— Bonsoir Mademoiselle, Gabriel Caro et Romain Fouller de la brigade de recherche de Lorient. Monsieur Le Goff serait-il présent ? Nous souhaiterions le voir, s'il vous plaît…

— Qu'est-ce que c'est ? fit une voix du fin fond de l'appartement.

— La gendarmerie, répondit la femme nullement surprise de la présence des képis devant elle.

— J'arrive, annonça la voix.

Yves Le Goff fit son apparition dans le couloir. En tenue décontractée, il hâta le pas vers ses visiteurs et les invita à le suivre.

— Bonsoir Messieurs, entrez donc, ne restez pas dans l'entrée…

Introduis dans le salon où, dans la lumière ocre, la jeune femme les avait précédés, Gaby et Romain imitèrent leur hôte et s'assirent face à lui dans les fauteuils qu'il leur indiquait d'un mouvement de tête.

Confortablement installé, Yves reprit :

— Je ne me remets pas du drame, vous avez du nouveau sur ce qui est arrivé ? Oh, excusez-moi, j'ai oublié de vous présenter ma fille, Célia, fit-il en montrant la jeune femme dans la pièce, ou Calie si vous vous intéressez à l'art lyrique…

Gaby et Romain n'en croyaient plus leurs yeux ni leurs oreilles. La tempête faisait rage sous leur crâne. Célia, la fille d'Yves, était la copie quasi parfaite de Manon et surtout, portait comme nom de scène celui de Calie. Les morceaux du puzzle commençaient à s'assembler ; un terrible scénario se présentait à eux. Et si Tanguy Demonge leur principal suspect s'était trompé de victime ? Il fallait en savoir un peu plus : comment et pour quelles raisons serait-il passé à l'acte ?

Romain attaqua, bille en tête :

— Monsieur Le Goff, pourquoi ne nous avez-vous pas dit que votre fille ressemblait tant à Manon ?

— Je ne sais pas, par peur pour ma fille.

— Et vous, Mademoiselle, demanda Romain en se tournant vers Célia, vous connaissiez Manon Elliot, votre sosie si l'on peut dire ?

Célia se rapprocha d'eux et s'assit près de son père puis, d'une voix douce, un peu hésitante, commença :

— Papa m'avait dit qu'une fille de son groupe de généalogie me ressemblait beaucoup mais j'ignorais jusqu'à il y a deux jours que cette ressemblance était aussi flagrante. Il m'a montré les photos de la journée de samedi et… depuis, je ne sais pas. Je ne sais plus… Je regrette tant de n'avoir pas pris le temps de la rencontrer, comme le souhaitait papa ! Ce week-end, j'aurais pu, Manon était à Melrand. Mais je me suis consacrée à ma fille que je n'avais pas vue depuis deux semaines. Ma tournée italienne… Je suis rentrée samedi, je repars dans trois jours…

— Vous n'avez pas à vous excuser, tenta de la réconforter Gaby.

— Vous n'avez pas idée de mon malaise ! Sur ces photos, je me suis vue et pourtant, je sais pertinemment que ce n'est pas moi. Je me perds…

— Petite question, Mademoiselle, fit Romain, quels sont vos lieu et date de naissance ?

— À Lorient, le 19 mai 1976.

— Comme le Loto, ajouta son père, puis plus sérieusement, vous pensez que Manon et Célia sont jumelles ?

— C'est une hypothèse que nous devons vérifier mais vu que Manon est née à Pontivy en septembre, cela ne tient pas.

— Le hasard de la nature, fit Yves, fataliste en prenant la main de sa fille.

— Vous nous confirmez donc que votre épouse n'a accouché que d'un seul enfant le 19 mai 1976 ? interrogea Gaby.

— Complètement et ils auraient été deux ou trois, nous les aurions tous gardés.

— Bien, revenons sur la journée de samedi, monsieur Le Goff, fit Romain, Chez vous à Talroc'h, est-ce que mademoiselle Elliot a rencontré monsieur Henry Olliviero et, si tel est le cas, comment s'est passée leur entrevue ?

— Ah oui, HO, se lamenta Yves, après l'arrivée de Manon, il n'a pas traîné pour ranger ses gaules et quitter le groupe. Elle m'avait prévenue qu'entre eux, ce n'était pas les grands amours et que, s'il s'incrustait, elle balancerait à l'assemblée ce qu'il lui avait fait.

— L'histoire du pillage de données ? suggéra Gaby.

— Entre autres, confirma Yves. Que HO utilise les données antérieures à cent ans n'est pas répréhensible, car elles sont accessibles à tous. Qu'il s'octroie tout ou partie de nos propres recherches sans en demander l'accord n'est pas honnête, mais c'est à nous de mieux gérer la diffusion de nos travaux, si l'on souhaite éviter ce type d'agissements. Par contre, ce qui est inadmissible et qui est arrivé à Manon, est de voir ses données personnelles, adresse, téléphone et autres concernant son ex-compagnon, divulguées. Et puis sous le couvert de faire son arbre généalogique, HO œuvrait pour les Mormons en collectant les arbres déjà effectués, afin de recenser le maximum d'individus. Tout cela pour l'impossible objectif que ces gens se sont fixé qui est de retrouver tous les humains ayant vécu depuis Adam et Ève. En jouant franc jeu, il n'y aurait pas eu de souci avec Manon, car elle était très ouverte.

— Vous en avez discuté avec ce monsieur Olliviero ? demanda Romain.

— Oui, par e-mail, je lui ai donné mon avis. C'est un garçon charmant et apprécié de beaucoup de généalogistes, sauf que ces derniers ignorent qui il est réellement. Manon aurait souhaité qu'il se découvre et dise ce qu'il faisait des informations que chacun lui donnait ou qu'il quitte le groupe.

— Et qu'a-t-il fait ?

— Ni l'un ni l'autre, dès que Manon est arrivée, il a prétexté avoir des obligations professionnelles pour s'éclipser.

— Vous pensez que HO en voulait à Manon ?

— Dans un sens oui, mais il savait que j'étais au courant de l'affaire et que je ne faisais que tolérer sa présence. C'était hypocrite de ma part, mais je ne voulais pas casser l'ambiance. Il était connu comme le loup blanc, mais peu avaient eu la chance de le rencontrer. Vous savez, manier la chèvre et le chou n'est pas simple. Vous ne soupçonnez tout de même pas HO d'avoir tué Manon ?

— Pour être sûr de l'écarter des suspects, nous devons établir son emploi du temps précis, le mobile de sa mission mystique pourrait expliquer qu'il soit passé à l'acte en éliminant celle qui l'empêchait d'accomplir sa quête.

— J'ai franchement du mal à imaginer HO tuant Manon. Il est tellement précieux et si peu énergique que je ne le vois pas violenter quelqu'un. Je m'étonne même qu'il soit commercial avec son physique de curé raté, commenta Yves.

— Papa, tu n'as pas honte de juger le physique de cet homme ? s'exclama Célia. Tu m'as toujours dit que l'habit ne faisait pas le moine ! Il a certainement des qualités pour avoir obtenu son poste…

— Oui, mais plus j'y pense, plus je m'interroge, surtout après ce qu'il s'est passé. Tu te rends compte que j'ai reçu chez moi, un homme que je savais fourbe et qu'il a peut-être tué une femme ?

— Calmez-vous, monsieur Le Goff, fit Romain. Nous vérifions cette hypothèse, mais HO n'est pas le seul sur la liste. Par exemple, Gwalon, ça vous dit quelque chose ?

— Pas du tout, firent le père et la fille en s'interrogeant mutuellement du regard.

— Et Demonge ? poursuivit Romain.

Les yeux de Célia se troublèrent, elle blêmit.

— Mademoiselle ? s'enquit Gaby.

— Ça va aller, se reprit-elle. Je n'avais pas entendu ce nom depuis des mois. Je ne pensais pas être encore si fragile.

— Avec toutes les émotions que vous connaissez en ce moment, votre sensibilité est mise à rude épreuve. Apparemment, ce nom de Demonge vous touche particulièrement, fit Romain. Vous pouvez nous en dire un peu plus ?

— De mauvais souvenirs, commença-t-elle, ce tordu m'a harcelée pendant des semaines à m'en rendre folle. À l'époque, j'étais en congé de maternité.

— C'était il y a combien de temps ? demanda Gaby qui prenait des notes sur l'ordinateur portable posé sur ses genoux.

— C'était il y a trois ans. J'ai dû déménager et porter plainte pour être tranquille.

— Un fan encombrant, esquissa Romain.

— Oui, un maniaque fétichiste qui faisait mes poubelles.

— Un chercheur de collectors, en somme…

— Pire, il me suivait partout et j'ai fini par avoir la trouille. J'avais peur qu'il s'en prenne à ma fille. Dans son délire, je ne savais pas jusqu'où il était capable d'aller. J'avais beau poser des barrières, le repousser, il était sourd à tout raisonnement. Dans son esprit, je lui appartenais et que j'ai un enfant, un compagnon, rien n'y faisait, j'étais à lui. Le pire a été quand il s'est introduit chez moi. J'ai su, à ce moment-là, que cela devenait trop dangereux pour moi et les miens. Suite à ma plainte, il me semble qu'il a été interné quelque temps et, surtout, qu'il lui a été interdit de m'approcher et de se trouver à moins de 500 mètres de mon domicile.

— Mais, intervint Yves, si vous nous parlez de Demonge, c'est que vous le soupçonnez du meurtre de Manon…

— C'est malheureusement ce que nous craignons, confirma Gaby.

Célia comprenant la méprise de celui qui l'avait harcelée, s'effondra dans les bras de son père.

Le portable de Romain vibra dans sa poche, il s'excusa et sortit sur le balcon.

— Romain Fouller. À qui ai-je l'honneur ?

— C'est moi, Max.

— OK, tu as quelque chose sur nos gars ?

— Laurent m'a donné ses infos et j'ai fouillé de mon côté… Alors je commence par le généalogiste. Henry Olliviero est né à Naizin en 1966. Après une école de commerce et une spécialisation en micro informatique, il a été recruté par la firme américaine où il est toujours employé et où il a gravi les échelons jusqu'à ce poste de directeur commercial pour l'Europe. Ce qui va t'intéresser plus que son curriculum vitae, c'est qu'il fait bien partie de la liste des passagers du vol Air France 4212 de 20 heures 18 de samedi, en direction de New York. Il ne peut pas matériellement être le tueur de notre victime. Concernant Demonge, ton bonhomme est né à Brest le 11 avril 1973, mais je me doute que tu n'en as rien à faire.

— Exact, tu peux aller à l'essentiel, s'il te plaît…

— Tu es toujours chez le père Le Goff ?

— Oui, sur le balcon, si tu veux tout savoir, alors abrège parce que je n'ai pas envie de faire profiter tout l'immeuble de notre conversation…

— Bon, alors ton gus, Tanguy Demonge fait une fixette sur Célia, la fille d'Yves Le Goff.

— Ça, je le sais déjà, tu as autre chose ?

— Ben pas vraiment, c'était ça mon scoop.

— Désolé, Max, de foutre ton scoop en l'air. Enfin, sache que c'est en suivant ton hypothèse que nous nous sommes rendus chez Yves Le Goff et que nous avons découvert cela.

— Mais les photos dans les cadres ?

— C'est Célia Le Goff, sa fille.

— Mais…

— C’est le portrait craché de notre Manon.

— Attends, ça voudrait dire que…

— Oui, et ça tombe bien que tu appelles. J’ai encore un travail à te demander. Tu contactes la brigade de Plouay et tu leur demandes de faire un petit tour du côté du domicile de notre bonhomme. Qu’ils nous le surveillent toute la nuit, nous le cueillerons demain matin. À mon avis, il a un tas de choses à nous apprendre et, pour commencer, ce qu’il foutait samedi à Melrand.

*

* *

Max n’en revenait pas. Dimanche, ils pataugeaient pour trouver des informations sur l’identité de la victime et là, quarante-huit heures après, ils étaient en passe de mettre la main sur son assassin. Ayant contacté la brigade de Plouay et fini sa journée, il quittait le bâtiment quand il aperçut une Mini Austin rouge de sa connaissance. L’oiseau de la veille souhaiterait-il remettre le couvert ? Exit les idées peu rationnelles qu’il avait en tête. Avancer la thèse que les ancêtres de la jeune généalogiste décédée œuvraient de l’au-delà pour que l’enquête soit résolue aussi vite, était loin d’être la meilleure stratégie à adopter pour conquérir la légiste au parler cru. Avec de telles théories, il était sûr d’être habillé pour l'hiver par la jolie rousse. Tout souriant, il se dirigea vers elle. Une agréable soirée se dessinait pour le Nantais.

*

* *

Chez Yves, Romain avait repris place dans le fauteuil.

— C'était Max, annonça-t-il. Henry Olliviero n'est pas notre tueur, il était dans le vol pour New York de samedi soir. Sinon, j'ai demandé à Max de contacter Plouay.

Yves émit un « Ouf ! » de soulagement. Que HO soit un drôle de personnage, il voulait bien l'admettre, mais un tueur certainement pas.

Gaby avait compris le message. Demain, ils iraient faire un tour au pays du cyclisme. Pas pour le renommer Grand Prix de Plouay, de toute façon, ils étaient un peu en avance sur la saison. Non, ils iraient rue de la Justice, un comble pour des représentants de la force de l'ordre. Cela faisait intérieurement sourire Gaby, il était sûr que cela amuserait Dédé Réclame.

Célia avait séché ses larmes et tentait de comprendre avec son père et Gaby ce qui avait pu se passer. Ce dernier enchaîna :

— Bon, nous étions en train de voir comment Demonge a pu arriver jusqu'à Melrand. Comme me le disait Célia, selon son souvenir, elle ne se rappelle pas y être allée à l'époque où il la harcelait.

— Hum, hésita Romain, quelqu'un savait que vous reveniez d'Italie ?

— À part mes proches, mon agent et le journaliste, non.

— Quel journaliste ?

— Hervé Le Cunff de *Ouest-France*. Avec toute cette histoire j'ai complètement avalé cela. Samedi midi, j'avais rendez-vous pour déjeuner avec lui. Il m'avait demandé une interview sur la tournée italienne. Mais bon, je ne pense pas qu'il y ait un lien.

— Au fait, Gaby, Max a dû te transférer la fiche de Demonge, tu peux me dire ce qu'il fait comme job ?

— Attends un peu que je trouve, alors euh… déjà ce n'est pas le quart d'un crétin. Même si le QI ne fait pas l'intelligence, avec 130, il est mieux placé que la moyenne. Notre bonhomme est informaticien et est actuellement chargé de la maintenance du réseau informatique de… ben le voilà, le lien avec Le Cunff ! Il bosse pour *Ouest France* depuis moins d'un an. Dites, Célia, votre rendez-vous avec Le Cunff était fixé depuis longtemps ?

— Une bonne quinzaine.

— Où aviez-vous rendez-vous ?

— À 12 heures 30, dans un restau près du port de plaisance.

— Et vous en êtes sortie à quelle heure ?

— 14 heures, 14 heures 15, j'habite à deux pas et pour 14 heures 30, je récupérais ma fille.

— Je ne vois pas où tu veux en venir avec tes questions, intervint Romain.

— Si, tu vas comprendre. Le lien entre Manon et Célia c'est l'Italie.

— L'Italie ?

— Oui, l'Italie, vous veniez d'où exactement Célia ?

— De Venise cette fois, la prochaine fois, ce sera de Milan ou Vérone.

— Donc, on sait que Célia revient de Venise et que les parents de Manon y allaient.

— Oui, mais Demonge ?

— Célia, vous êtes rentrée comment d'Italie ? demanda Gaby.

— Par avion.

— OK, l'aéroport, lança Romain.

— Voilà, il suffit que Le Cunff ait laissé traîner une note sur son bureau, indiquant l'arrivée de Célia, et que Demonge soit tombé dessus pour qu'il se pointe à l'heure dite à l'aéroport. Votre vol était à quelle heure ?

— 10 heures 45.

— Et celui des parents de Manon 11 heures 27.

— Cela se tient.

— De plus, ajouta Yves qui était resté silencieux jusque-là, elles ont la même voiture.

— Tout colle. Supposons que Demonge soit arrivé à l'aéroport entre 10 heures 30 et 10 heures 45. Manon et ses parents y étaient déjà pour l'enregistrement des bagages. Il ne les a donc pas vus entrer. Ensuite, le vol de Célia arrive à 10 heures 45 environ, le temps de descendre de l'appareil, de récupérer ses bagages et de franchir la douane, il peut se passer entre trente et quarante-cinq minutes. À ce moment-là, les parents de Manon sont déjà dans l'avion, elle n'a plus la nécessité de rester et sort de l'aéroport. C'est là que Demonge se trompe, à quelques minutes d'intervalle, Manon sort avant Célia.

— Supposons, mais le rendez-vous au port de plaisance, il devait être au courant et voyant la direction prise par la voiture, il aurait dû se rendre compte que ça ne collait pas…

— Effectivement, mais un rendez-vous, ça s'annule, ça se reporte.

— J'ai bien peur que tu l'aies, le scénario…

— Terrible scénario ! murmura Célia.

— Mais pourquoi avoir tué Manon ? émit Yves.

— C'est ce que nous allons lui demander, répondit Romain.

— Bien, monsieur Le Goff ; Célia, nous n'allons pas vous importuner plus longtemps. Merci de votre accueil et de votre aide, remercia Gaby en se levant.

Autant Gaby et Romain avaient négligé l'ascenseur pour atteindre le cinquième étage du 24 rue de

Larmor, autant là, ils le prirent pour en redescendre. Pas un mot entre eux. Un simple regard disait tout. La tension retombait, ils se laissaient envahir par leur propre émotion. Célia-Manon, Manon-Célia, le choc visuel avait été violent, plus encore pour Gaby qui avait assisté à l'autopsie de la victime. Il donna un petit coup de fil à Sophie pour la prévenir qu'il serait tard. Le besoin de se confier à son ami André Rodier se faisait sentir. Il devait vider son sac. Pour une fois, Romain l'accompagna. La compagnie de son collègue et du légiste l'inspirait plus que le vide de son appartement, pour appréhender la soirée.

Dans le salon du légiste, les trois hommes, un verre d'alcool à la main, évoquèrent la troublante rencontre avec Célia. Ce débriefing était nécessaire pour envisager sereinement la journée du lendemain. Une autre étape dans l'enquête serait franchie et cette dernière, déterminante, ne devait pas être ratée. Ils devaient avoir les idées claires et chasser de leur esprit le trouble qu'avait suscité leur visite chez Yves Le Goff. Un sosie sur votre chemin et votre vie bascule. Manon n'était plus, mais Célia, bien qu'innocente à ce drame, n'en sortirait pas indemne.

*

*   *

Les généalogistes encore en villégiature sur le secteur s'étaient donné rendez-vous chez Adeline. Les projets de balades au pays de leurs ancêtres avaient été remis à plus tard. Ils n'avaient pas le cœur à prendre du bon temps comme les années précédentes. La journée de lundi avait été longue et pénible, chacun à ruminer de son côté. Voulant soutenir les parents de leur amie disparue, c'est naturellement vers Adeline, celle qui côtoyait le plus Manon et indirectement ses parents, qu'ils s'étaient tous tournés. Se retrouver là, tous ensemble, leur faisait du bien. Il manquait Yves et Laurent autour de la table. Le premier, pour les besoins de l'enquête, devait rester à disposition de la gendarmerie et le second, par son statut de gendarme, était retourné à la brigade de Fouesnant où il faisait ses propres recherches sur la mort de Manon.

De leur après-midi, les généalogistes n'avaient pas avancé d'un iota. Ne sachant pas quelles étaient les dernières volontés de leur amie ni ce que ses parents allaient décider, ils missionnèrent Adeline auprès d'eux. Quand elle en saurait un peu plus sur les dispositions prises par la famille, elle en aviserait tout le monde et ils prendraient alors une décision.

XVIII

Plouay - 5 heures 45.

Dans les rues désertes de la petite ville, seul le livreur de journaux cheminait au gré de sa tournée. Six heures allaient bientôt sonner au clocher et les gendarmes de la brigade locale venaient de le voir passer rue de la Justice. En faction depuis la veille, non loin du n° 5 qu'ils surveillaient, ils attendaient avec impatience l'arrivée de la relève. Au même n° 5, le livreur à peine passé, la lumière s'alluma et une petite vieille en sortit pour récupérer son quotidien placé dans le tube fixé à la porte de l'habitation.

Rituel de beaucoup d'anciens ; comme eux, elle allait ouvrir son journal à la page des obsèques. Autant commencer la journée par les bonnes nouvelles et vérifier que l'on n'est pas dedans. Histoire de se rassurer que l'on fait toujours partie des vivants. Déjà que ceux d'une même génération se comptent les uns les autres, avec parfois des commentaires qu'il serait dommage de ne pas entendre.

Aujourd'hui, la page nécrologique n'annoncerait pas le décès de Mauricette Demonge, la petite vieille du n° 5 et accessoirement la grand-mère de Tanguy, chez qui il logeait depuis de nombreuses années. Mauricette ne lirait pas son nom mais un autre qu'elle apprendrait à connaître ; les obsèques de Manon Elliot étaient annoncées pour le lendemain.

Bien que transféré au funérarium de Pluméliau, le corps de Manon Elliot ne serait pas visible, car les visites étaient réservées à la famille et aux intimes, tout comme la cérémonie qui devait avoir lieu au crématorium de Kerlétu à Lorient.

Les deux enquêteurs chargés du dossier de la généalogiste avaient rejoint leurs collègues, rue de la Justice. Leur présumé coupable était bien à son domicile. Rentré la veille, il n'était pas reparu. Seule sa grand-mère avait fait une brève sortie pour récupérer son quotidien.

Gaby et Romain, assistés des gendarmes locaux et de quelques TIC, se présentèrent devant la porte du logement de Tanguy Demonge.

Mauricette Demonge, petite bonne femme de 84 ans, ouvrit aux enquêteurs. Toute de noir vêtue, elle paraissait une petite souris perdue derrière cette porte qui donnait sur un long couloir éclairé par une ampoule blafarde. Une odeur d'encaustique et de suie humide prit Gaby à la gorge.

— Bonjour Madame, c'est la gendarmerie nationale, officiers Caro et Fouller de la brigade de recherche de Lorient. Vous êtes madame Mauricette Demonge ?

— C'est exact, mais qu'est-ce qui me vaut votre visite, à c'teure ?

— Nous souhaiterions voir votre petit-fils Tanguy, s'il vous plaît…

— Mais pourquoi donc, qu'a-t-il ben pu faire pour qu'vous soyez là ?

— C'est à nous d'en juger, Madame. Monsieur Tanguy Demonge est-il présent, s'il vous plaît ?

— Pour sûr, il est dans la cuisine.

— Vous nous montrez ?

— Première porte à gauche.

Quelques secondes plus tard, les gendarmes entraient dans la cuisine où Tanguy Demonge, en pyjama, prenait son petit-déjeuner. Pas tout à fait réveillé, il vit s'attabler face à lui un Gabriel loin d'avoir une face d'ange. Le passionné de cyclisme qu'il était, avait bien envie de boucler cette affaire et de coincer le salopard qui avait buté Manon, avant l'arrivée sur les Champs-Élysées du Tour de France. Le chrono était lancé.

— Bonjour monsieur Demonge, Gabriel Caro et Romain Fouller de la brigade de recherche de Lorient. Nous avons quelques questions à vous poser au sujet d'une enquête que nous menons.

— …

— Nous savons que vous avez fait des photos à Melrand, le week-end dernier, reprit Gaby, serait-il possible de les voir ?

— Le labo de Tanguy est sous l'escalier, fit innocemment Mauricette Demonge qui était dans la pièce avec les gendarmes.

— Vous me montrez cela, Madame… lança Romain sautant immédiatement sur l'opportunité et entraînant deux TIC avec lui dans le couloir.

— Donc, continua Gaby, le sujet de vos photos, c'est quoi ?

— Les oiseaux, répondit Tanguy dont la tartine beurrée était restée suspendue dans l'air.

— Quel genre d'oiseaux ?

— Un peu de tout.

— Et c'est quoi au juste votre passion, la photo ou les oiseaux ?

Tanguy n'eut pas le loisir de répondre à la question de Gabriel, Romain revenait déjà dans la pièce avec des photos à la main, qu'il tendit à son équipier. Un coup d'œil suffit à Gabriel pour qu'il change de ton.

— Kévin, tu t'installes, j'aimerais que tu notes ce que monsieur Demonge a à nous raconter sur les oiseaux qu'il prend en photo…

Kévin, jeune recrue de la brigade de Plouay, s'exécuta. Il ne comprenait pas où voulaient en venir ses collègues. Pour lui, l'objet de l'intervention n'avait rien à voir avec les volatiles. Les duettistes allaient lui présenter leur numéro préféré.

— Alors, monsieur Demonge, demanda Romain qui prenait le relais de Gaby, comme cela, vous passez votre temps libre à photographier les oiseaux ?

— Oui, j'aime la nature et les oiseaux en particulier.

— Et vous n'en avez pas en cage ?

— Non, je préfère les voir en liberté.

— Vous arrivez à les reconnaître tous ? Moi, j'ai un peu de mal, confia Romain.

— Avec un bon livre, beaucoup de patience et un peu de mémoire visuelle, on y arrive.

— Ah oui ? intervint Gabriel. Et ce petit colibri, interrogea-t-il en montrant une photo à Tanguy, vous pouvez me dire ce que c'est ?

— …

— C'est sûr qu'en cage, il ne tiendrait pas, n'est-ce pas, Tanguy ? haussa Gaby.

— …

— T'es sûr que tu n'as rien à nous raconter sur ce joli spécimen ?

— …

— Allez, hop, on t'embarque, tu seras peut-être plus bavard au poste… De toute façon, avec tout ce qu'il y a dans ton labo, il va bien falloir que tu t'expliques…

Plusieurs clichés, disposés sur la table, face à Tanguy, représentaient Manon Elliot seule ou en compagnie de ses amis généalogistes, lors de la journée du samedi. Tanguy Demonge ne photographiait pas les oiseaux et surtout pas à Melrand. L'inventaire du laboratoire effectué par les TIC, révélait des centaines de clichés de Célia Le Goff et les derniers instants de vie de Manon Elliot.

Habillé des premiers vêtements trouvés dans sa chambre, Tanguy Demonge fut transporté à la brigade de Plouay et placé sous bonne garde.

XIX

Brigade de Plouay.

Dans une pièce voisine, Gaby et Romain, en compagnie des TIC, faisaient une petite sélection dans la masse des photographies saisies chez Tanguy Demonge. Armés d'une poignée de clichés, ils entrèrent dans le bureau où se trouvait ce dernier et s'installèrent pour l'interroger. Gaby derrière l'écran d'ordinateur, Romain adossé à la fenêtre et un gendarme, debout près de la porte.

Gaby commença le procès-verbal par les questions d'usage et Romain enchaîna :

— Bien, monsieur Demonge, maintenant que nous vous connaissons mieux, vous allez nous expliquer ce que sont toutes ces photos de mademoiselle Le Goff, qu'il me semble, vous n'aviez plus le droit d'approcher…

— Ce sont de vieilles photos, d'avant la condamnation.

— Soit, alors que faisiez-vous à proximité de la propriété de son père, samedi dernier ?

— Je ne savais pas que c'était la maison de son père.

— Ah bon ? Et c'est quoi, cette photo ? fit Romain en brandissant une photo de Manon et des généalogistes.

— C'est un hasard.

— Un hasard ? Et celle-ci, fit Romain en montrant une autre photo, c'est aussi un hasard que vous vous trouviez à l'aéroport le même jour ? La pellicule de votre appareil photo ne ment pas, elle. La date et l'heure s'inscrivent sur vos photos. Vous auriez été plus malin, vous auriez utilisé un appareil moins perfectionné, il ne vous aurait pas trahi…

— …

— Alors, qu'avez-vous à me dire pour votre défense ?

— …

Tentant une autre approche, Gaby demanda d'une voix apaisée :

— Vous aimez Calie ?

— …

— Comment l'avez-vous rencontrée ?

— C'était il y a longtemps.

— Quand vous étiez enfant ?

— Non, plus tard, à la fanfare.

— À la fanfare ?

— Oui, ma grand-mère habite en face de la salle de répétition de la fanfare et c'est là que j'ai vu Calie pour la première fois. Je l'ai trouvée magnifique dans sa robe de mousseline blanche. Elle était belle et chantait divinement.

— Pourquoi parlez-vous d'elle au passé, elle ne chante plus ?

— Si, elle est une star maintenant, mais il faut que j'oublie.

— Que vous oubliez quoi ?

— Tout.

— Tout quoi ?

— Calie.

— Pourquoi oublier une personne que vous aimez ?

— Elle n'existe plus.

— Mais si, elle existe, elle nous a dit hier qu'elle vous avait vu, que vous aviez recommencé à la suivre.

— Elle n'a pas pu me voir, c'était pas elle.

— Comment cela, ce n'était pas elle ?

— …

— Expliquez-vous, bon sang, les photos dans votre labo, elles n'y sont pas venues toutes seules ! C'est bien vous qui les avez prises, donc vous l'avez suivie ! éructa Romain.

— J'ai pas voulu la tuer, dit Tanguy d'une voix chevrotante.

— Tuer qui ?

— La fille de la rivière, celle dont parlent les journaux.

— Vous vous rendez compte de ce que vous nous dites là, monsieur Demonge ?

Tout recroquevillé sur sa chaise, Tanguy venait d'avouer le meurtre de Manon. Gaby et Romain n'en espéraient pas tant, et surtout pas en un laps de temps aussi court. Les arguments des deux enquêteurs avaient fait mouche dans la tête de leur suspect à l'esprit tourmenté.

Qu'il avoue spontanément était une chose, mais cela ne suffisait pas pour boucler l'enquête. Maintenant, il leur fallait obtenir les détails et c'était parfois alors que l'individu devenait muet comme une tombe. Et si Tanguy Demonge s'accusait simplement pour se faire mousser ? Des éléments de preuve semblaient contre lui, mais rien pour le moment ne venait le confondre.

Gaby et Romain hésitaient sur la conduite à tenir pour obtenir de Tanguy des aveux complets et détaillés. Continuer l'interrogatoire ou faire une pause et attendre les résultats des investigations faites dans le véhicule du suspect ?

Les Lorientais n'eurent pas à tergiverser très longtemps, car un coup bref à la porte du bureau et une tête passa dans l'embrasure de la porte.

— Un fax pour vous ! fit l'intrus.

— Merci, répondit Romain en prenant la feuille que lui tendait le gendarme.

Lecture faite, il passa la feuille à Gaby qui en prit rapidement connaissance. Les collègues scientifiques n'avaient pas chômé, ils avaient, en quelques heures, comparé les prélèvements faits dans le véhicule de Tanguy Demonge à ceux réalisés sur la victime. Les premières analyses montraient une concordance entre les éléments. Les particules minérales trouvées dans les plaies de la victime et celles sur le volant et le sol du véhicule de Tanguy étaient de même origine. Mais que le suspect se soit trouvé au même endroit que la victime, ne prouvait pas qu'il était coupable. L'élément qui était encore en analyse mais qui donnait de grands espoirs aux enquêteurs était un blouson de toile que les techniciens avaient retrouvé, caché sous la roue de secours. Celui-ci portait sur les manches des taches sombres qui semblaient pouvoir être du sang, peut-être celui de Manon…

— Bien, fit Romain qui n'avait pas l'intention de se faire balader par Tanguy, vous avez tué la fille de la rivière. Mais qu'est-ce qui me prouve que c'est bien vous et pas un autre tordu ?

— Les photos montrent que j'y étais.

— Et alors, vous avez suivi Célia Le Goff jusque chez son père, certes, mais l'autre fille, rien ne me dit que vous l'ayez tuée…

— Mais je vous dis que c'est moi qui l'ai butée !

— D'accord, vous avez tué cette fille. Dites-nous pourquoi. On ne tue pas les gens sans raison, il me semble.

La tactique de Romain était risquée mais semblait porter ses fruits. Tanguy, dans son délire paranoïaque, ne se laisserait pas déposséder de son acte meurtrier. À l'affront que lui faisait Romain, il partit dans un flot de paroles. Romain avait appuyé sur le bon bouton, ils auraient l'explication qu'ils attendaient, émaillée de réflexions lourdes de sens. Tanguy connaissait la vie de Célia plus qu'elle ne le croyait.

— Elle m'a excédé ! commença-t-il. Quand elle est arrivée à Talroc'h, le père Le Goff s'est dirigé tout de suite vers elle en ouvrant grand les bras. Apparemment, ils ne s'étaient pas vus depuis un petit moment. Puis elle a vidé les affaires de sa voiture pour les mettre dans la maison, comme si c'était chez elle. Elle a fait le tour de toutes les personnes qui étaient là. Les grandes embrassades, quoi. Tous étaient heureux de la voir, elle accueillait les nouveaux arrivants. Elle rayonnait au milieu de ces gens. La fille prodige qui fait son retour dans la famille, en quelque sorte… Quelle farce, ce n'est qu'une traînée qui pose nue devant un pseudo artiste sorti d'on ne sait où ! Et tout le monde l'encense. Ah, celui-là, avec ses courtes pattes, sapé comme un clodo et qui me certifiait que ce n'était pas Calie qu'il avait sculptée ! Pur mensonge. Moi, je sais bien que c'est elle, ils peuvent fanfaronner tout ce qu'ils peuvent, ils ne me tromperont pas. Mais ils n'avaient pas le droit de faire cela et lui qui pavanait parce qu'il avait reçu un prix pour sa sculpture. Facile, avec un tel modèle. Calie est tellement parfaite… Il n'avait pas le droit de l'exhiber ainsi ! Comment a-t-elle pu poser devant ce pouilleux ?

— Soit, l'interrompit Romain, vous l'avez tuée à cause de la sculpture, mais ce que je ne comprends pas, c'est pourquoi vous étiez à l'aéroport…

— C'est à cause de Le Cunff.

— Le Cunff, le journaliste ?

— Ben oui, ce grand con. Il est tellement bordélique que faire de la maintenance sur son PC, c'est de la spéléologie ! Une truie dans son foutoir n'y retrouverait pas ses petits…

— Mais que vient faire ce monsieur Le Cunff dans votre histoire ?

— C'est comme cela que j'ai su que Calie revenait d'Italie par le vol de samedi. Son écran d'ordinateur, c'est du Picasso version post-it. J'avais qu'à lire…

— Donc vous vous êtes pointé à l'aéroport et avez attendu…

— Ben ouais.

— Pourquoi n'avez-vous pas abordé Célia à ce moment-là ?

— Avec tous les flics qu'il y a à l'aéroport, je ne suis pas fou.

— Effectivement, pour vous, c'était risqué. Donc vous avez suivi Célia à son rendez-vous…

— Tout bêtement. J'ai le droit de circuler en ville comme bon me semble et je ne peux être responsable d'une rencontre fortuite.

— Et que la destination prise par mademoiselle Le Goff soit différente que celle initialement prévue ne vous a pas posé problème ?

— Pourquoi ? Je ne suis pas maître des événements que couvre cet idiot de journaliste. Il pouvait annuler le rendez-vous pour cause de scoop à ne pas louper…

— Logique.

La thèse de Gaby se révélait exacte. Tanguy, à l'aéroport, comme Max, à la propriété d'Yves à Talroc'h, s'étaient faits piéger par la troublante ressemblance des deux jeunes femmes. Gaby qui saisissait le procès-verbal de l'interrogatoire prit le relais de Romain et questionna Tanguy. La difficulté était de ne pas nommer la victime sans risquer de semer le trouble dans l'esprit d'un Tanguy, suffisamment dérangé et agressif dans ses paroles.

— Maintenant que vous nous avez expliqué comment vous étiez arrivé à Melrand, pouvez-nous nous raconter comment vous êtes entré en contact avec cette jeune personne ?

— Après avoir fait des repérages, j'ai poireauté sur l'autre rive tout l'après-midi et toute la soirée. J'ai shooté un max, mais j'ai bien cru que je n'aurais jamais suffisamment de munitions, tellement leur petite sauterie n'en finissait pas. Ça a bien ri et discuté jusqu'à la nuit. Pendant qu'ils étaient tous dans la maison, occupés à ranger, je me suis introduit dans sa voiture, à l'arrière. Et puis ils ont fini par partir, quasiment tous en même temps. Calie était la dernière, je me doutais qu'elle ne resterait pas dormir là et qu'elle allait retrouver sa fille à Lorient. J'ai attendu qu'elle démarre et soit sur la route pour m'extraire de ma cachette. Là, elle a hurlé, stoppé la voiture, en est sortie et à commencer à courir vers la maison. Sa robe dans le clair de lune…

À l'évocation de cette scène, le timbre de la voix de Tanguy, au départ pleine de haine, s'adoucissait. Il s'arrêta un instant et n'en dit pas plus sur le sujet. Sur un ton de nouveau dur, cynique, il reprit le fil de son histoire :

— Elle n'a pas pu tambouriner à la porte, je l'ai rejointe avant. Elle a fait l'arrogante en feignant de ne pas me reconnaître, puis quand je lui ai parlé du sculpteur et de la sculpture de l'expo de Lorient, et que je lui ai demandé pourquoi elle avait fait cela, elle m'a répondu qu'elle faisait ce qu'elle voulait, qu'elle n'avait pas à se justifier, qu'elle l'avait fait par amour. Je n'ai pas supporté qu'elle puisse aimer ce sale type. Je l'ai traînée près du banc au-dessus de la berge.

À nouveau, Tanguy changea de ton, il revivait et savourait ce souvenir.

— Elle ne pouvait pas reculer, derrière elle, c'était le vide, j'ai avancé, son parfum… amplifié par la peur, emplissait mes narines… Je…

S'arrêtant encore, plongé dans son souvenir, il reprit brutalement :

— Elle a glissé.

— Elle a glissé ou vous l'avez poussé ? demanda Gaby.

— Cette gourdasse a glissé, hurla-t-il. J'ai avancé un peu, elle a essayé de m'éviter et elle s'est fracassée sur la pierre lavoir. Elle aurait dû s'accrocher à moi, elle savait que je ferais tout pour elle. Mais non, elle a préféré s'écraser comme une merde. Ce trouduc de sculpteur l'avait changé, il avait volé son âme. Dans ce corps, ce n'était plus ma Calie. Je l'ai frappée, frappée…

Il était temps de faire une pause. L'homme que Gaby et Romain avaient en face d'eux était malade. Il avait tué et ne semblait pas avoir le moindre remords. Comment pouvait-il aimer et haïr autant une même personne ? Gaby et Romain pensaient qu'il était mûr pour un autre séjour psychiatrique.

Quelques minutes plus tard, Tanguy expliquait

qu'en voulant faire disparaître le véhicule de sa victime, resté sur la route, il s'était aperçu de sa méprise, mais il ne s'en émouvait pas. Sa Calie était en vie et n'avait jamais posé pour Gwalon, cela lui suffisait. Quelque part, elle lui appartenait encore. La voiture plongée dans l'étang, il n'avait pas attendu son reste et avait pris la route de Plouay au plus vite. Pas le temps de revenir cacher le corps et encore moins de le transporter dans sa voiture. Fuir Melrand et oublier étaient ses seuls objectifs. Déjà fiché pour avoir harcelé Célia, il savait que cette fois sa liberté était en jeu et il n'avait pas envie d'être interné. Espérant que son crime puisse passer pour celui d'un rôdeur, il avait repris le cours normal de sa vie.

Pour Gaby et Romain, l'enquête était finie, le meurtre du Guelhouit était élucidé et le coupable sous les verrous. Restaient la partie administrative, et les conclusions des scientifiques, et le dossier serait clos.

XX

Dans l'après-midi, les proches de Manon étaient rassemblés au crématorium de Kerlétu à Lorient.

Les généalogistes en vacances avaient farfouillé dans leur valise. Dans la panoplie du parfait vacancier, ils n'avaient pas prévu de tenue de deuil ; de toute façon, le noir ne se portait plus. Habillés du mieux qu'ils avaient pu, ils étaient tous là pour rendre un dernier hommage à leur amie. Au milieu d'eux, dans la sobre salle Glénans, lunettes noires sur le nez, Célia Le Goff n'était pas à l'aise. Elle ne pouvait pas ne pas être présente, mais elle se sentait si mal ! Le regard de tous lui donnait l'étrange sensation d'être le fantôme de Manon.

Prévenus de l'effroyable erreur de Tanguy et de l'impressionnante ressemblance des deux jeunes femmes, par les enquêteurs de la brigade de recherche, les parents de la défunte s'étaient immédiatement dirigés vers Célia. Cette dernière se sentait terriblement coupable d'être en vie et c'est avec une grande émotion qu'elle accepta la demande du couple : interpréter l'Ave Maria de Schubert. Dans le silence de la salle, la voix de Célia s'éleva, cristalline. La bienveillance des époux Elliot l'apaisait, un poids s'échappait de son cœur à chaque note. Derrière elle, la porte du four s'abaissa et le cercueil de Manon disparut. L'émotion était palpable, chacun composait avec sa tristesse et tous restaient dignes dans leur chagrin.

Dans quelques jours, sur le site de la Ruche, un bronze de la sculpture de Gwalon représentant Manon serait installé et, dans le socle, on déposerait les cendres de celle-ci. Ultime hommage de ses amis et collaborateurs à celle qui avait si bien su s'occuper de leur paradis d'artistes…

ÉPILOGUE

« *Peindre d'abord une cage*
Avec une porte ouverte… »
Jacques Prévert - *Paroles*

Tanguy Demonge ayant été transféré à la maison d'arrêt de Vannes, Gaby et Romain retournèrent à leur brigade de Lorient où Max les attendait.

Pour fêter la clôture de l'enquête, ce soir-là, Max, profitant du lendemain qui était férié, troqua souris et clavier contre casseroles et marmites. La soirée entre hommes avait tout juste commencé quand la sonnette de la porte d'entrée de son appartement se fit entendre. Gaby, Romain et André eurent la surprise de voir entrer une charmante rousse de leur connaissance. Max n'avait pas vraiment prévu la venue de Fanny. Pour sûr qu'avec les traces de rouge à lèvres du torride baiser qu'ils avaient échangé dans l'entrée, si Max avait souhaité passer sous silence sa relation avec la jeune légiste, c'était raté. Malicieusement, Gaby lui demanda si, pour le dîner, il avait prévu de la caille au petit-beurre ou toute autre chose. Tous partirent dans un grand éclat de rire et Fanny avec eux. L'affaire était entendue et la soirée s'annonçait prometteuse…

FIN

125, Vieille Route de Rosporden - 29000 Quimper
E-mail : contact@editionsalainbargain.fr
Site Internet : www.editionsalainbargain.fr

ÉDITEURS DE BRETAGNE

Dépôt légal n°1 - 2e trimestre 2017
ISBN 978-2-35550-225-5 - ISSN 1281-7813
N° d'impression : 705038
Imprimé en France